ANDRÉ GIDE

DIE ENGE PFORTE

Aus dem Französischen
übersetzt
von Andrea Spingler

Nachwort
von Christina Viragh

MANESSE VERLAG
ZÜRICH

Titel der französischen Originalausgabe:
«La Porte étroite»
Paris 1909

Ringet danach, daß ihr durch die enge Pforte
eingehet.   Luk. 13,24

I

Andere hätten vielleicht ein Buch daraus gemacht; ich aber habe meine ganze Kraft darein gelegt, die Geschichte, die ich hier erzähle, zu erleben, und meine Energie ist verbraucht. Ich werde also ganz einfach meine Erinnerungen niederschreiben, und wenn sie an manchen Stellen lückenhaft sind, werde ich nicht zu Erfindungen greifen, um sie zu vervollständigen oder zusammenzufügen. Die Mühe, die ich auf ihre Glättung verwenden würde, behinderte das letzte Vergnügen, das ich zu finden hoffe, indem ich sie vortrage.

Ich war noch nicht zwölf, als ich meinen Vater verlor. Meine Mutter hielt nichts mehr in Le Havre, wo mein Vater Arzt gewesen war, und in der Meinung, ich würde dort meine Studien besser abschließen können, beschloß sie, nach Paris zu ziehen. Sie mietete in der Nähe des Jardin du Luxembourg eine kleine

7

Wohnung, die Miss Ashburton mit uns bezog. Miss Flora Ashburton, die keine Familie mehr hatte, war zunächst die Lehrerin meiner Mutter gewesen, dann ihre Gefährtin und bald ihre Freundin. Ich lebte neben diesen beiden Frauen von gleichermaßen sanftem und betrübtem Ausdruck, die ich nur in Trauer vor mir sehe. Eines Tages, und ich glaube, ziemlich lange nach dem Tod meines Vaters, hatte meine Mutter das schwarze Band ihrer Morgenhaube durch ein violettes ersetzt. «O Mama!» hatte ich ausgerufen, «wie schlecht dir diese Farbe steht!»

Am nächsten Tag trug sie wieder ein schwarzes Band.

Ich war von zarter Gesundheit. Wenn die Fürsorge meiner Mutter und Miss Ashburtons, die alles taten, damit ich mich nicht überanstrengte, keinen Faulpelz aus mir gemacht hat, dann nur, weil ich wirklich Freude an der Arbeit habe. Sobald die ersten schönen Tage da sind, bilden sich die beiden ein, daß es für mich Zeit sei, die Stadt zu verlassen, daß ich dort blaß würde; Mitte Juni fahren wir nach Fongueusemare in der Umgebung von Le Havre, wo uns jeden Sommer mein Onkel Bucolin empfängt.

Das weiße, zweistöckige Haus der Bucolins gleicht vielen Landhäusern des vorletzten Jahrhunderts, und sein nicht sehr großer, nicht sehr schöner Park unterscheidet sich in nichts von anderen normannischen Parks. Wohl zwanzig Fenster gehen auf den vorderen Teil des Parks hinaus, nach Osten; ebenso viele gehen nach hinten; an den Seiten sind keine. Die Fenster haben kleine Scheiben: einige, die unlängst ersetzt worden sind, erscheinen allzu hell zwischen den alten, die daneben grün und trübe aussehen. Manche haben Fehler, die unsere Verwandten «Blasen» nennen; der Baum, den man durch sie anschaut, biegt sich; der Briefträger, der draußen vorbeigeht, bekommt plötzlich einen Buckel.

Der rechteckige Park ist von einer Mauer umschlossen. Vor dem Haus erstreckt sich eine ziemlich weite, schattige Rasenfläche, um die herum ein Sand- und Kiesweg führt. Auf dieser Seite wird die Mauer niedriger und gibt den Blick auf den Wirtschaftshof frei, der den Park umschließt und den nach Art der Gegend eine Buchenallee begrenzt.

Hinter dem Haus, im Westen, kann sich der Park ungehinderter entfalten. Ein von Blumen leuchtender Weg vor den Spalieren im Süden wird von einer dichten Reihe portugiesischen Lorbeers und von einigen Bäumen gegen die Seewinde geschützt. Ein anderer Weg entlang der Nordmauer verschwindet unter all den Ästen. Meine Cousinen nannten ihn den «schwarzen Weg» und wagten es nach der Abenddämmerung kaum noch, dorthin zu gehen. Diese beiden Wege führen zum Gemüsegarten, der, nachdem man einige Stufen hinuntergestiegen ist, den Park weiter unten fortsetzt. Auf der anderen Seite der Mauer, in die am Ende des Gemüsegartens eine kleine Geheimtür eingelassen ist, findet man dann ein Dickicht, in das von links und rechts die Buchenallee einmündet. Von der Freitreppe im Westen schweift der Blick über dieses Gehölz hinweg auf die Hochebene und bewundert die Getreidefelder, die sie bedecken; am nicht sehr fernen Horizont die Kirche eines kleinen Dorfes und abends, wenn es windstill ist, die Rauchschwaden einiger Häuser.

An jedem schönen Sommerabend gingen wir nach dem Abendessen in den «unteren Park». Wir traten durch die kleine Geheimtür und gelangten zu einer Bank an der Allee, von der aus man die Gegend überblickt; dort, neben dem Strohdach einer verlassenen Mergelgrube, setzten sich mein Onkel, meine Mutter und Miss Ashburton nieder. Das kleine Tal vor uns füllte sich mit Nebel, und weiter hinten über dem Wald färbte sich der Himmel golden. Dann verweilten wir noch im bereits finsteren Park. Wir kehrten zurück; im Salon trafen wir wieder meine Tante, die fast nie mit uns hinausging... Für uns Kinder war der Abend damit zu Ende; sehr oft aber lasen wir noch in unseren Zimmern, wenn wir später die Erwachsenen heraufkommen hörten.

Fast alle Stunden des Tages, in denen wir nicht im Park waren, verbrachten wir im «Studierzimmer», dem Arbeitszimmer meines Onkels, wo man Schulbänke aufgestellt hatte. Mein Cousin Robert und ich arbeiteten nebeneinander; hinter uns Juliette und Alissa. Alissa ist zwei Jahre älter, Juliette ein Jahr jünger als ich; Robert ist von uns vieren der Jüngste.

Es sind nicht meine frühesten Erinnerungen, die ich hier aufschreiben will, sondern allein jene, die sich auf diese Geschichte beziehen. Ich kann sagen, sie beginnt erst in dem Jahr wirklich, als mein Vater starb. Meine Empfindlichkeit, die durch diesen Tod und, wenn nicht durch meinen eigenen Kummer, so zumindest durch den Anblick des Kummers meiner Mutter noch gesteigert war, machte mich vielleicht für neue Erschütterungen empfänglich. Ich war frühgereift. Als wir in diesem Jahr nach Fongueusemare kamen, erschienen mir Juliette und Robert um so jünger, doch als ich Alissa wiedersah, begriff ich jäh, daß wir alle beide aufgehört hatten, Kinder zu sein.

Ja, es ist das Jahr, in dem mein Vater starb. Was meine Erinnerung bestätigt, ist ein Gespräch meiner Mutter mit Miss Ashburton gleich nach unserer Ankunft. Ich hatte unerwartet das Zimmer betreten, wo meine Mutter sich mit ihrer Freundin unterhielt; es ging um meine Tante. Meine Mutter entrüstete sich, daß sie nicht Trauer getragen oder sie schon wieder abgelegt hatte. (Mir ist es, ehrlich gesagt, ebenso unmöglich, mir meine Tante Bucolin in Schwarz vorzustellen wie meine Mutter in einem hellen Kleid.) An diesem Tag unserer Ankunft trug Lucile Bucolin, soweit ich mich entsinne, ein Musselinkleid.

Miss Ashburton, wie immer versöhnlich, bemühte sich, meine Mutter zu beruhigen; sie wandte schüchtern ein: «Schließlich ist Weiß auch eine Trauerfarbe.»

«Und das Rot des Schals, den sie sich um die Schultern gelegt hat, nennen Sie das auch eine ‹Trauerfarbe›? Flora, Sie empören mich!» rief meine Mutter.

Ich sah meine Tante nur während der Ferienmonate, und zweifellos rechtfertigte die sommerliche Hitze jene leichten und weit ausgeschnittenen Kleider, die ich immer an ihr gekannt habe; mehr noch als an den leuchtenden Farben der Schals, die meine Tante um ihre nackten Schultern warf, stieß sich meine Mutter aber an diesen Ausschnitten.

Lucile Bucolin war sehr schön. Ein kleines Porträt von ihr, das ich aufbewahrt habe, zeigt sie mir, wie sie damals war, so jugendlich, daß man sie für die ältere Schwester ihrer Töchter hätte halten können. Sie sitzt schräg, in jener Pose, die ihr eigen war: den Kopf in die linke Hand gestützt, deren kleiner Finger geziert zur Lippe gebogen ist. Ein großmaschiges Netz hält die Fülle ihrer krausen Haare, die halb in den Nacken fallen. Im Halsausschnitt hängt an einem lockeren schwarzen Samtband ein Medaillon mit einem italienischen Mosaik. Der schwarze Samtgürtel mit der großen flatternden Schleife, der weiche, breitkrempige Strohhut, den sie am Bändel über die Stuhllehne gehängt hat, all das verstärkt noch ihr kindliches Aussehen. Die herabhängende rechte Hand hält ein geschlossenes Buch.

Lucile Bucolin war Kreolin; sie hatte

ihre Eltern nicht gekannt oder sehr früh verloren. Meine Mutter erzählte mir später, sie sei als Findelkind oder als Waise von dem Pastorenehepaar Vautier aufgenommen worden, das noch keine Kinder hatte und das bald darauf Martinique verließ und sie mit nach Le Havre nahm, wo die Familie Bucolin ansässig war. Die Vautiers und die Bucolins verkehrten miteinander. Mein Onkel war damals bei einer Bank im Ausland angestellt, und er sah die kleine Lucile erst drei Jahre später, als er zu den Seinen zurückkehrte; er verliebte sich in sie und hielt zum großen Kummer seiner Eltern und meiner Mutter alsbald um ihre Hand an. Lucile war damals sechzehn. Inzwischen hatte Madame Vautier zwei Kinder bekommen; sie begann, ihretwegen den Einfluß dieser Adoptivschwester zu fürchten, deren Wesen sich von Monat zu Monat sonderbarer entwickelte. Zudem waren die Mittel des Haushalts beschränkt... All das sagte mir meine Mutter, um mir zu erklären, daß die Vautiers den Antrag ihres Bruders erfreut angenommen haben. Was ich darüber hinaus vermute, ist, daß die junge Lucile ihnen schrecklich lästig zu werden begann. Ich kenne die Gesellschaft von Le Havre gut genug, um mir die Aufnahme vorstellen zu können, die man diesem so betörenden Kind bereitete. Pastor Vautier, den ich später als zugleich sanft, umsichtig und naiv kennengelernt habe, der Intrige ausgeliefert und dem Unheil gegenüber vollkommen hilflos – dieser so vortreffliche Mann mußte in großer Bedrängnis gewesen sein. Über Madame Vautier kann ich nichts sagen; sie starb bei der Geburt ihres vierten Kindes, desjenigen, ungefähr in meinem Alter, das später mein Freund werden sollte...

Lucile Bucolin nahm an unserem Leben nur wenig teil. Sie kam erst nach dem Mittagessen aus ihrem Zimmer herunter; sie legte sich sogleich auf ein Sofa oder in eine Hängematte, blieb da bis zum Abend ausgestreckt und erhob sich nur lustlos. Manchmal trug sie auf ihrer doch vollkommen matten Stirn ein Taschentuch, wie um Schweiß zu trocknen; mich

entzückte die Feinheit dieses Taschen-
tuchs sowie sein Geruch, der weniger
ein Duft von Blumen als von Früchten
zu sein schien. Bisweilen zog sie aus
ihrem Gürtel einen winzigen Spiegel
mit glattem silbernem Deckel, der mit
verschiedenen anderen Gegenständen an
ihrer Uhrkette hing; sie betrachtete sich,
berührte mit einem Finger die Lippen,
nahm ein bißchen Speichel und befeuch-
tete sich damit die Augenwinkel. Oft
hielt sie ein Buch, doch es war fast immer geschlossen; ein Lesezeichen aus
Schildpatt steckte zwischen den Seiten.
Wenn man sich ihr näherte, blickte sie
nicht von ihrer Träumerei auf, um einen
zu sehen. Oft fiel aus ihrer nachlässigen
oder müden Hand, von der Lehne des
Sofas, aus einer Falte ihres Rocks das
Taschentuch zu Boden oder das Buch
oder eine Blume oder das Lesezeichen.
Als ich eines Tages das Buch aufhob –
es ist eine Kindheitserinnerung, was ich
erzähle – und sah, daß es Verse waren,
errötete ich.

Abends nach dem Essen kam Lucile
Bucolin nicht an unseren Familientisch,

sondern spielte selbstgefällig langsame Mazurkas von Chopin; manchmal unterbrach sie den Takt und verharrte auf einem Akkord...

Ich empfand ein eigenartiges Unbehagen in Gegenwart meiner Tante, ein Gefühl, das sich zusammensetzte aus Verwirrung, einer Art Bewunderung und Furcht. Vielleicht warnte mich ein dunkler Instinkt vor ihr; zudem spürte ich, daß sie Flora Ashburton und meine Mutter verachtete, daß Miss Ashburton sie fürchtete und meine Mutter sie nicht mochte.

Lucile Bucolin – ich möchte Ihnen nicht mehr böse sein, einen Augenblick vergessen, daß Sie so viel Unheil angerichtet haben... zum mindesten werde ich versuchen, ohne Zorn über Sie zu sprechen.

In jenem Sommer – oder im folgenden, denn in dieser immer gleichen Kulisse geraten meine sich überlagernden Erinnerungen manchmal durcheinander – betrete ich eines Tages den Salon, um ein Buch zu holen; sie war dort. Ich wollte mich gleich wieder zurückziehen; sie, die mich gewöhnlich kaum zu sehen scheint, ruft mich herbei: «Warum gehst du so schnell weg? Jérôme! Hast du Angst vor mir?»

Mit klopfendem Herzen nähere ich mich ihr; ich bringe es fertig, sie anzulächeln und ihr die Hand zu geben. Sie behält meine Hand in der ihren und streichelt mit ihrer anderen meine Wange.

«Wie schlecht deine Mutter dich kleidet, mein armer Kleiner!»

Ich trug damals eine Art Matrosenbluse mit großem Kragen, den meine Tante zu zerknittern beginnt.

«Matrosenkragen trägt man viel offener!» sagt sie und läßt einen Knopf abspringen. «Hier, sieh mal, ob es so nicht besser ist!» Und während sie ihren kleinen Spiegel hervorholt, zieht sie mein Gesicht an ihres, legt ihren nackten Arm um meinen Hals, steckt die Hand in mein halboffenes Hemd, fragt lachend, ob ich kitzlig sei, läßt die Hand tiefer rutschen… Ich fuhr so plötzlich hoch, daß meine Matrosenbluse zerriß. Mit glühendem Gesicht entfloh ich, während sie rief: «Bah! Pinsel!»

Ich rannte bis ans Ende des Parks; dort tauchte ich mein Taschentuch in eine kleine Zisterne des Gemüsegartens, legte es mir auf die Stirn, wusch, rieb meine Wangen, meinen Hals, alles, was diese Frau berührt hatte.

An manchen Tagen hatte Lucile Bucolin «ihren Anfall». Es überkam sie plötzlich und versetzte das Haus in Aufruhr. Miss Ashburton beeilte sich, die Kinder mitzunehmen und zu beschäftigen; doch man konnte für sie nicht die entsetzlichen Schreie dämpfen, die aus dem Schlafzimmer oder dem Salon drangen. Mein Onkel war in heller Aufregung, man hörte ihn über die Flure laufen, um Handtücher, Kölnisch Wasser, Äther zu holen; am Abend beim Essen, zu dem meine Tante noch nicht erschien, sah er ängstlich und gealtert aus.

Wenn der Anfall einigermaßen vorüber war, rief Lucile Bucolin ihre Kinder zu sich; zumindest Robert und Juliette, Alissa niemals. An diesen tristen Tagen schloß sich Alissa in ihrem Zimmer ein, wo ihr Vater sie manchmal aufsuchte, denn er unterhielt sich oft mit ihr.

Die Anfälle meiner Tante machten auf die Hausangestellten großen Eindruck. Eines Abends, als der Anfall besonders heftig gewesen und ich zu meiner Mutter ins Zimmer verbannt worden war, von dem aus man weniger gut wahrnahm, was im Salon vor sich ging, hörten wir die Köchin über die Flure laufen und schreien: «Monsieur, kommen Sie schnell, die arme Madame liegt im Sterben!»

Mein Onkel war in Alissas Zimmer hinaufgegangen; meine Mutter lief ihm entgegen. Eine Viertelstunde später, als die beiden, ohne darauf zu achten, vor den offenen Fenstern des Zimmers, in dem ich zurückgeblieben war, vorbeigingen, vernahm ich die Stimme meiner Mutter: «Soll ich dir etwas sagen, mein Freund: das ist alles Theater.» Und sie wiederholte mehrmals, indem sie die Silben trennte: «The-a-ter.»

Dies ereignete sich gegen Ende der Ferien und zwei Jahre nach unserem Trauerfall. Ich sollte meine Tante lange nicht wiedersehen. Doch bevor ich von dem traurigen Ereignis spreche, das unsere Familie erschütterte, und von einem kleinen Vorfall, der kurz vor dem Eklat das vielschichtige und noch unbestimmte Gefühl, das ich für Lucile Bucolin empfand, in reinen Haß verwandelte, wird es Zeit, daß ich von meiner Cousine erzähle.

Daß Alissa Bucolin hübsch war, konnte ich noch nicht wahrnehmen; ich wurde von einem anderen Reiz als dem der bloßen Schönheit angezogen und gefangengenommen. Gewiß, sie ähnelte ihrer Mutter sehr; doch ihre Augen hatten einen so anderen Ausdruck, daß ich diese Ähnlichkeit erst später bemerkte. Ich kann ein Gesicht nicht beschreiben; die Züge entgleiten mir bis hin zur Farbe der Augen. Ich sehe nur den fast schon traurigen Ausdruck ihres Lächelns vor mir und die Linie ihrer so außerordentlich hoch über den Augen stehenden Brauen, die einen großen Bogen beschreiben. Nirgends sonst habe ich solche gesehen... doch: an einer kleinen florentinischen Statue aus der Zeit Dantes; und ich stelle mir gern vor, daß Beatrice als Kind weit gebogene Brauen wie diese hatte. Sie verliehen dem Blick, dem ganzen Menschen einen Ausdruck zugleich ängstlichen und zuversichtlichen Fragens – ja leidenschaftlichen Fragens. Alles an ihr war Frage und Erwartung... Ich werde erzählen, wie dieses Fragen sich meiner bemächtigte, mein Leben ausmachte.

Juliette indessen mochte schöner erscheinen; Fröhlichkeit und Gesundheit umgaben sie mit ihrem Glanz. Doch neben der Anmut ihrer Schwester wirkte ihre Schönheit äußerlich und offenbarte sich allen auf den ersten Blick. Was meinen Cousin Robert angeht, so zeichnete ihn nichts Besonderes aus. Er war einfach ein Junge ungefähr in meinem Alter; ich spielte mit Juliette und ihm, mit Alissa unterhielt ich mich. Sie nahm kaum an unseren Spielen teil; soweit ich in die Vergangenheit zurückgehe, sehe ich sie ernst, sanft lächelnd und gesammelt. – Worüber unterhielten wir uns? Worüber mögen sich zwei Kinder unterhalten? Ich werde bald versuchen, es zu sagen, doch zuerst, und um nie wieder auf sie zu sprechen zu kommen, will ich das zu Ende erzählen, was mit meiner Tante zu tun hat.

Zwei Jahre nach dem Tod meines Vaters verbrachten meine Mutter und ich die Osterferien in Le Havre. Wir wohnten nicht bei den Bucolins, die in der Stadt auf ziemlich engem Raum lebten, sondern bei einer älteren Schwester meiner Mutter, deren Haus größer war. Tante Plantier, die zu sehen ich nur selten Gelegenheit hatte, war seit langem Witwe; ihre Kinder, sehr viel älter als ich und von ganz anderem Wesen, kannte ich kaum. Das «Haus Plantier», wie man in Le Havre sagte, lag nicht in der Stadt selbst, sondern auf halber Höhe jenes Hügels, der die Stadt überragt und den man «La Côte» nennt. Die Bucolins wohnten in der Nähe des Geschäftsviertels. Ein steiler Weg führte ziemlich rasch von einem Haus zum andern; ich lief ihn mehrmals am Tag hinunter und wieder hinauf.

An jenem Tag aß ich bei meinem Onkel zu Mittag. Kurz nach dem Essen ging er weg; ich begleitete ihn bis zu seinem Büro und stieg dann wieder hinauf zum Haus Plantier, um meine Mutter abzuholen. Dort erfuhr ich, daß sie mit meiner Tante ausgegangen war und erst zum Abendessen zurückkommen würde. Ich lief sofort wieder in die Stadt hinunter, wo ich nur selten nach Belieben umherspazieren konnte. Ich gelangte zum Hafen, der trübe im Seenebel lag; ich irrte ein oder zwei Stunden über die Quais. Plötzlich überkam mich das Verlangen, Alissa zu überraschen, die ich doch gerade verlassen hatte... Ich eile quer durch die Stadt, läute an der Tür der Bucolins; schon bin ich im Treppenhaus.

Das Dienstmädchen, das mir geöffnet hat, hält mich auf: «Gehen Sie nicht hinauf, Monsieur Jérôme! Gehen Sie nicht hinauf, Madame hat ihren Anfall.»

Doch ich setze mich darüber hinweg: «Ich besuche nicht meine Tante...»

Alissas Zimmer liegt im dritten Stock. Im ersten der Salon und das Speisezimmer, im zweiten das Zimmer meiner Tante, aus dem Stimmen erschallen. Die Tür, an der man vorbeigehen muß, steht offen; ein Lichtstrahl dringt aus dem Zimmer und fällt auf den Treppenabsatz. Aus Furcht, gesehen zu werden, zögere ich einen Augenblick, verstecke mich und sehe voller Bestürzung folgendes: Mitten in dem Zimmer, dessen Vorhänge geschlossen sind, wo aber die Kerzen zweier Kandelaber ein fröhliches Licht verbreiten, liegt meine Tante auf einer Chaiselongue; am Fußende Robert und Juliette, hinter ihr ein Unbekannter, ein junger Mann in Leutnantsuniform. Die Anwesenheit dieser beiden Kinder erscheint mir heute ungeheuerlich; in meiner damaligen Unschuld beruhigte sie mich eher. Sie sehen lachend den Unbekannten an, der mit heller Stimme flötet: «Bucolin! Bucolin…! Wenn ich ein Schaf hätte, würde ich es bestimmt Bucolin nennen.»

Meine Tante selbst lacht schallend. Ich sehe, wie sie dem jungen Mann eine Zigarette hinhält, die er anzündet und an der sie einige Male zieht. Die Zigarette fällt zu Boden. Er stürzt herbei, um sie aufzuheben, tut so, als verfingen sich seine Füße in einem Schal, fällt vor meiner Tante auf die Knie… Im Schutz dieser lächerlichen Szene stehle ich mich davon, ohne gesehen zu werden.

Ich stehe vor Alissas Tür. Ich warte einen Augenblick. Lachen und Stimmengewirr dringen vom unteren Stockwerk herauf; und vielleicht wurde mein Klopfen davon übertönt, denn ich höre keine Antwort. Ich stoße die Tür auf, die lautlos nachgibt. Das Zimmer ist bereits so dunkel, daß ich Alissa nicht gleich bemerke; sie kniet am Kopfende ihres Bettes, mit dem Rücken zum Fenster, durch das ein verlöschendes Tageslicht fällt. Sie dreht sich um, als ich mich nähere, jedoch ohne sich zu erheben; sie murmelt: «Oh! Jérôme, warum kommst du zurück?»

Ich beuge mich nieder, um sie zu küssen; ihr Gesicht ist tränenüberströmt…

Dieser Augenblick entschied über mein Leben; ich kann ihn mir noch heute nicht ohne Beklommenheit vergegenwärtigen. Zweifellos begriff ich nur

sehr unvollkommen den Grund für Alissas Verzweiflung, doch ich fühlte ganz
stark, daß diese Verzweiflung viel zu
groß war für diese zitternde kleine Seele,
für diesen vom Schluchzen geschüttelten
zarten Körper.

Ich blieb bei ihr stehen, die sie immer
noch kniete. Ich vermochte nichts auszudrücken von der neuen Entzückung meines Herzens; doch ich drückte ihren
Kopf an mein Herz und meine Lippen,
von denen meine Seele strömte, auf ihre Stirn. Trunken von Liebe, von Mitleid, einer unbestimmten Mischung aus
Begeisterung, Selbstverleugnung, Tugend
rief ich mit aller Kraft Gott an und bot
mich Ihm dar und sah kein anderes Ziel
mehr für mein Leben, als dieses Kind
vor der Angst, vor dem Bösen, vor dem
Leben zu schützen. Schließlich knie ich
nieder, voller Gebet; ich ziehe sie an
mich. Undeutlich höre ich sie sagen: «Jérôme! Sie haben dich nicht gesehen,
nicht wahr? Ach, geh schnell! Sie dürfen
dich nicht sehen.»

Dann, noch leiser: «Jérôme, erzähl es

niemandem ... mein armer Papa weiß von nichts ...»

Ich erzählte meiner Mutter also nichts. Doch die unaufhörlichen Tuscheleien zwischen Tante Plantier und ihr, die geheimnisvolle, geschäftige und bekümmerte Miene der beiden Frauen, das «Geh spielen, mein Kind!», mit dem sie mich jedesmal wegschoben, wenn ich mich ihrem Getuschel näherte, all das zeigte mir, daß ihnen das Geheimnis des Hauses Bucolin nicht gänzlich unbekannt war.

Wir waren kaum nach Paris zurückgekehrt, als ein Telegramm meine Mutter wieder nach Le Havre rief: meine Tante war gerade davongelaufen.

«Mit jemandem?» fragte ich Miss Ashburton, in deren Obhut meine Mutter mich ließ.

«Mein Kind, das mußt du deine Mutter fragen; ich kann dir keine Antwort geben», sagte die liebe alte Freundin, die dieser Vorfall bestürzte.

Zwei Tage später fuhren wir, sie und ich, meiner Mutter nach. Es war ein

Samstag. Ich sollte meine Cousinen am nächsten Tag in der Kirche wiedersehen, und allein damit waren meine Gedanken beschäftigt; denn mein kindlicher Geist maß dieser Heiligung unseres Wiedersehens große Bedeutung bei. Letzten Endes kümmerte mich meine Tante wenig, und ich setzte meine Ehre darein, meine Mutter nicht auszufragen.

In der kleinen Kapelle waren an diesem Morgen nicht viele Leute. Pastor Vautier hatte, zweifellos absichtlich, als Textstelle für seine Andacht die Worte Christi genommen: «Gehet ein durch die enge Pforte.»

Alissa saß einige Plätze vor mir. Ich sah ihr Gesicht im Profil; ich blickte sie unverwandt an, so selbstvergessen, daß es mir schien, als hörte ich durch sie jene Worte, denen ich hingebungsvoll lauschte. Mein Onkel saß neben meiner Mutter und weinte.

Der Pastor hatte zunächst den ganzen Vers gelesen: «Gehet ein durch die enge Pforte. Denn die Pforte ist weit, und der Weg ist breit, der zur Verdammnis führt, und ihrer sind viele, die darauf wandeln. Und die Pforte ist eng, und der Weg ist schmal, der zum Leben führt, und wenige sind ihrer, die ihn finden.»[1] Dann ging er auf die einzelnen Teile des Themas ein und sprach als erstes von dem breiten Weg. Geistesabwesend und wie im Traum sah ich das Zimmer meiner Tante vor mir; ich sah meine Tante auf der Chaiselongue ausgestreckt, lachend; ich sah den strahlenden Offizier, ebenfalls lachend... und der bloße Gedanke des Lachens, der Freude wurde verletzend, kränkend, war wie die abscheuerregende Übertreibung der Sünde.

«Und ihrer sind viele, die darauf wandeln», sagte Pastor Vautier jetzt. Dann malte er dies aus, und ich sah eine herausgeputzte, lachende Menge, die einen fröhlichen Zug bildete, in dem ich, so war mein Gefühl, keinen Platz finden konnte und wollte, denn jeder Schritt, den ich mit ihm machte, hätte mich von Alissa entfernt. – Und der Pastor kam wieder auf den Anfang der Textstelle zurück, und ich sah diese enge Pforte, durch welche einzugehen man sich be-

mühen sollte. In dem Traum, in dem
ich versank, stellte ich sie mir wie eine
Art Walzwerk vor, in das ich mich mühsam zwängte, unter außerordentlichen
Schmerzen, in die sich jedoch ein Vor-
geschmack der himmlischen Glückseligkeit mischte. Und diese Pforte wurde
dann auch noch zur Tür von Alissas Zimmer; um einzutreten, machte ich mich
dünn, befreite mich von allem, was noch
an Selbstsucht in mir war... «Und der
Weg ist schmal, der zum Leben führt»,
fuhr Pastor Vautier fort. Und jenseits
aller Kasteiung, aller Traurigkeit ersann
ich, erahnte ich eine andere, eine reine,
mystische, seraphische Freude, nach der
meine Seele bereits dürstete. Ich stellte
mir diese Freude vor wie ein zugleich
schrilles und zartes Geigenspiel, wie eine
spitze Flamme, in der Alissas und mein
Herz vergingen... Wir schritten beide
Hand in Hand, angetan mit jenen weißen Gewändern, von denen die Apo-
kalypse sprach, und blickten auf dasselbe
Ziel... Was kümmert es mich, wenn man
über diese Kinderträume lächeln muß!
Ich erzähle sie, ohne etwas daran zu

ändern. Die Verwirrung, die vielleicht durchscheint, liegt nur in den Worten und den unvollkommenen Bildern, mit denen ein sehr genaues Gefühl wiedergegeben wird.

«Und wenige sind ihrer, die ihn finden», schloß Pastor Vautier. Er erklärte, wie man die enge Pforte findet... «Und wenige sind ihrer.» – Ich werde einer von ihnen sein...

Am Ende der Predigt war ich in einem solchen Zustand moralischer Spannung angelangt, daß ich, sobald der Gottesdienst vorbei war, davoneilte, ohne mich nach meiner Cousine umzusehen – aus Stolz, denn ich wollte meine Entschlüsse (ich hatte nämlich welche gefaßt) schon auf die Probe stellen und dachte, Alissas eher wert zu sein, wenn ich mich sogleich von ihr entfernte.

II

Diese strenge Lehre fand eine auf die Pflicht vorbereitete, von Natur aus dazu neigende Seele, und das Beispiel meines Vaters und meiner Mutter zusammen mit der puritanischen Disziplin, der sie die ersten Aufwallungen meines Herzens unterworfen hatten, bestimmten diese Seele vollends für das, was ich «Tugend» nennen hörte. Es war mir ebenso selbstverständlich, mich zu zwingen, wie anderen, sich gehenzulassen, und diese Unerbittlichkeit, mit der ich behandelt wurde, schreckte mich nicht etwa ab, sondern schmeichelte mir. Ich suchte in der Zukunft nicht so sehr Glück als das unendliche Bemühen, es zu erlangen, und verwechselte bereits Glück und Tugend. Zweifellos blieb ich, als vierzehnjähriges Kind, noch unentschieden, verfügbar; doch bald drängte mich meine Liebe zu Alissa entschlossen in diese Richtung. Es war eine plötzliche innere Erleuchtung, durch die ich Bewußtsein über mich selbst erlangte: Ich erschien mir verschlossen, unentfaltet, voller Erwartung, recht wenig um andere besorgt, kaum tatkräftig, und ich träumte nur von den Siegen, die man über sich selbst erringt. Ich liebte das Lernen; von den Spielen begeisterten mich nur diejenigen, die entweder Sammlung oder Anstrengung verlangen. Ich verkehrte wenig mit den Kameraden meines Alters und gab mich nur aus Zuneigung oder Gefälligkeit zu ihren Vergnügungen her. Doch ich befreundete mich mit Abel Vautier, der im folgenden Jahr nach Paris in meine Klasse kam. Er war ein liebenswürdiger, träger Junge, für den ich mehr Zuneigung als Achtung empfand, mit dem ich aber wenigstens über Le Havre und Fongueusemare sprechen konnte, wohin meine Gedanken unaufhörlich zurückkehrten.

Was meinen Cousin Robert Bucolin angeht, der als Internatsschüler im selben Gymnasium, aber zwei Klassen unter uns war, so traf ich ihn nur sonntags. Wäre er nicht der Bruder meiner Cousinen gewesen, denen er im übrigen wenig ähnelte, hätte es mir keinerlei Freude gemacht, ihn zu sehen.

Ich war damals ganz mit meiner Liebe beschäftigt, und nur in ihrem Licht bekamen diese beiden Freundschaften für mich einige Bedeutung. Alissa war für mich gleich jener kostbaren Perle[2], von der mir das Evangelium erzählt hatte; ich war derjenige, der alles verkauft, was er besitzt, um sie zu bekommen. Wenn ich auch noch ein Kind war, habe ich unrecht, von Liebe zu sprechen und so das Gefühl zu nennen, welches ich für meine Cousine empfand? Nichts von dem, was ich danach kennenlernte, scheint mir dieses Namens würdiger – und als ich alt genug war, um an bestimmteren Unruhen des Fleisches zu leiden, veränderte sich übrigens mein Gefühl nicht wesentlich: Ich suchte sie, deren ich, noch ganz Kind, nur würdig sein wollte, nicht unmittelbarer zu besitzen. Arbeit, Anstrengungen, fromme Taten – mystisch brachte ich alles Alissa dar und erfand noch eine Verfeinerung der Tugend, indem ich sie oft nicht wissen ließ, was ich nur für sie getan hatte. So berauschte ich mich an einer Art zu Kopf steigender Bescheidenheit und gewöhnte mich daran, da ich, ach, wenig auf mein Vergnügen achtete, in nichts Befriedigung zu finden, was mich nicht einige Anstrengung gekostet hätte.

Spornte dieser Wetteifer nur mich an? Ich habe nicht den Eindruck, daß Alissa dafür empfänglich war und etwas meinetwegen oder für mich tat, der ich mich nur für sie abmühte. Alles in ihrer unverfälschten Seele blieb auf natürlichste Weise schön. Ihre Tugend behielt so viel Leichtigkeit und Anmut, daß sie wie Lässigkeit erschien. Durch ihr kindliches Lächeln wurde ihr ernster Blick bezaubernd; ich sehe diesen Blick vor mir, der sich so sanft, so zärtlich fragend hebt, und verstehe, daß mein Onkel in seiner Verwirrung bei seiner älteren Tochter Unterstützung, Rat und Trost gesucht hat. Im folgenden Sommer sah ich ihn oft mit ihr reden. Sein Kummer hatte ihn sehr altern lassen; er sprach kaum bei den Mahlzeiten, oder manchmal zeigte er plötzlich eine Art gespielter Fröhlichkeit, die schmerzlicher war als sein

Schweigen. Er blieb rauchend in seinem Arbeitszimmer bis zu der Stunde am Abend, da Alissa zu ihm kam; er mußte überredet werden hinauszugehen, sie führte ihn wie ein Kind in den Garten. Zusammen gingen sie den Blumenweg hinunter und ließen sich auf dem Rondell bei den Stufen zum Gemüsegarten nieder, wo wir Stühle aufgestellt hatten.

Eines Abends, als ich spät noch lesend auf dem Rasen lag, im Schatten einer der großen purpurnen Buchen, von dem Blumenweg nur durch die Lorbeerhecke getrennt, welche die Blicke, nicht aber die Stimmen abhielt, hörte ich Alissa und meinen Onkel. Vermutlich hatten sie über Robert geredet; dann nannte Alissa meinen Namen, und als ich anfing, ihre Worte zu unterscheiden, rief mein Onkel: «Oh, er wird stets die Arbeit lieben!»

Unfreiwillig zum Zuhörer geworden, wollte ich weggehen, zumindest irgend etwas tun, das meine Anwesenheit verriete; aber was? Husten? Rufen: «Ich bin hier! Ich höre euch!»? Und es war viel eher Verlegenheit und Schüchternheit als die Neugierde, mehr zu hören, die mich schweigen ließ. Im übrigen gingen sie vorbei, und ich hörte ihre Worte nur sehr unvollständig... Doch sie gingen langsam. Sicher zupfte Alissa, wie sie es sich angewöhnt hatte, einen leichten Korb am Arm, die verwelkten Blüten ab und sammelte zu Füßen der Spaliere die noch grünen Früchte auf, welche die häufigen Seenebel abfallen ließen.

Ich hörte ihre helle Stimme: «Papa, war Onkel Palissier ein bedeutender Mann?»

Die Stimme von Onkel Bucolin war dumpf und belegt; ich hörte seine Antwort nicht.

Alissa ließ nicht locker: «Sehr bedeutend, sag?»

Wiederum zu undeutliche Antwort.

Dann sagte Alissa erneut: «Jérôme ist intelligent, nicht wahr?»

Wie hätte ich nicht die Ohren spitzen sollen...? Doch nein, ich konnte nichts verstehen.

Sie fragte wieder: «Glaubst du, daß er einmal bedeutend wird?»

Hier wurde die Stimme des Onkels

39

lauter: «Aber, mein Kind, ich möchte zuerst wissen, was du unter diesem Wort ‹bedeutend› verstehst! Man kann sehr bedeutend sein, ohne daß es zutage tritt, zumindest in den Augen der Menschen... sehr bedeutend in den Augen Gottes.»

«So verstehe ich es ja auch», sagte Alissa.

«Und dann... kann man es wissen? Er ist zu jung... Ja, gewiß, er weckt große Hoffnungen; aber das genügt nicht, um erfolgreich zu sein...»

«Was braucht man noch?»

«Aber, mein Kind, was soll ich dir sagen? Man braucht Vertrauen, Unterstützung, Liebe...»

«Was nennst du Unterstützung?» unterbrach Alissa.

«Die Zuneigung und die Achtung, die mir gefehlt haben», antwortete mein Onkel traurig. Dann verloren sich die Stimmen endgültig.

Beim Abendgebet hatte ich Gewissensbisse wegen meiner unfreiwilligen Indiskretion und nahm mir fest vor, sie meiner Cousine zu gestehen. Diesmal mischte sich vielleicht die Neugierde mit ein, etwas mehr zu erfahren.

Bei den ersten Worten, die ich am Tag darauf zu ihr sagte, erwiderte sie: «Aber, Jérôme, es ist sehr schlecht, so zu lauschen. Du hättest uns warnen oder weggehen sollen.»

«Ich versichere dir, daß ich nicht lauschte… ich hörte, ohne es zu wollen. Zudem seid ihr nur vorbeigegangen.»

«Wir gingen langsam.»

«Ja, aber ich hörte doch kaum etwas. Ich verstand euch gleich wieder nicht mehr… Sag, was hat mein Onkel geantwortet, als du ihn gefragt hast, was man braucht, um erfolgreich zu sein?»

«Jérôme», sagte sie und lachte, «du hast ihn ausgezeichnet verstanden! Du machst dir einen Spaß daraus, es mich wiederholen zu lassen.»

«Ich versichere dir, daß ich nur den Anfang verstanden habe, als er von Vertrauen und Liebe sprach.»

«Danach hat er gesagt, daß noch viele andere Dinge nötig sind.»

«Aber du, was hattest du ihm geantwortet?»

Sie wurde plötzlich sehr ernst: «Als er von der Unterstützung im Leben sprach, habe ich geantwortet, daß du ja deine Mutter hättest.»

«Oh, Alissa, du weißt wohl, daß ich sie nicht immer haben werde... Und außerdem ist das nicht dasselbe...»

Sie senkte die Stirn: «Das hat er mir auch geantwortet.»

Ich nahm zitternd ihre Hand. «Alles, was ich später sein werde, will ich für dich sein.»

«Aber, Jérôme, auch ich kann dich verlassen.»

Meine Seele ging in meine Worte ein: «Ich werde dich nie verlassen.»

Sie zuckte ein wenig mit den Schultern: «Bist du nicht stark genug, um allein zu gehen? Jeder von uns muß ganz allein Gott gewinnen.»

«Aber du zeigst mir den Weg.»

«Warum willst du einen anderen Führer suchen als Christus? Glaubst du, wir seien einander jemals näher, als wenn wir den anderen vergessen und zu Gott beten?»

«Ja, daß er uns vereinen möge», unterbrach ich sie, «darum bitte ich ihn jeden Morgen und jeden Abend.»

«Verstehst du nicht, was die Gemeinschaft in Gott sein kann?»

«Ich verstehe es von ganzem Herzen. Es bedeutet, sich hingebungsvoll in derselben angebeteten Sache wiederzufinden. Mir scheint, daß ich eben, um dich zu finden, das anbete, von dem ich weiß, daß du es auch anbetest.»

«Deine Anbetung ist nicht rein.»

«Verlange nicht zuviel von mir. Ich würde auf den Himmel pfeifen, wenn ich nicht dich dort finden sollte.»

Sie legte einen Finger auf ihre Lippen und sagte ein wenig feierlich: «Trachtet am ersten nach dem Reich Gottes und nach seiner Gerechtigkeit.»[3]

Während ich unsere Worte niederschreibe, spüre ich wohl, daß sie denjenigen wenig kindlich erscheinen werden, die nicht wissen, wie leicht manche Kinder ernste Worte aussprechen. Was kann ich tun? Werde ich versuchen, sie zu entschuldigen? Genausowenig, wie ich sie schminken will, um sie natürlicher erscheinen zu lassen.

Wir hatten uns die Evangelien im Text der Vulgata besorgt und konnten lange Abschnitte auswendig. Unter dem Vorwand, ihrem Bruder zu helfen, hatte Alissa mit mir Latein gelernt; doch eher, nehme ich an, um mir weiterhin in meiner Lektüre folgen zu können. Und, gewiß, ich wagte kaum, an einem Thema Geschmack zu finden, von dem ich wußte, daß sie mich nicht dabei begleiten würde. Wenn mich das manchmal behinderte, so nicht, wie man glauben könnte, weil sie den Schwung meines Geistes hemmte – im Gegenteil, mir schien, sie eilte mir überall frei voraus. Doch mein Geist wählte ihr gemäße Wege, und was uns damals beschäftigte, was wir «Denken» nannten, war oft nichts als der Vorwand für eine wissendere Gemeinschaft, nichts als eine Verkleidung des Gefühls, eine Bemäntelung der Liebe.

Meine Mutter mochte sich zunächst über ein Gefühl beunruhigt haben, dessen Tiefe sie noch nicht ermessen konnte; doch jetzt, da sie fühlte, wie ihre Kräfte nachließen, vereinte sie uns gern in ein und derselben mütterlichen Umarmung. Die Herzkrankheit, an der sie seit langem litt, machte ihr immer häufiger zu schaffen. Während eines besonders heftigen Anfalls rief sie mich zu sich: «Mein armer Junge, du siehst, daß ich sehr alt geworden bin», sagte sie zu mir; «eines Tages werde ich dich jäh verlassen.» Sie schwieg sehr bedrückt.

Da trieb es mich unwiderstehlich, auszurufen, was sie zu erwarten schien: «Mama... du weißt, daß ich Alissa heiraten will.»

Und mein Satz entsprach zweifellos ihren geheimsten Gedanken, denn sie sagte sofort: «Ja; darüber wollte ich mit dir sprechen, mein Jérôme.»

«Mama!» sagte ich schluchzend, «du glaubst, daß sie mich liebt, nicht wahr?»

«Ja, mein Kind.» Sie wiederholte es mehrmals zärtlich: «Ja, mein Kind.» Sie sprach nur mühsam. Sie fügte hinzu: «Man muß es dem Herrn überlassen.» Dann, da ich mich zu ihr niedergebeugt hatte, legte sie mir die Hand auf den Kopf und sagte noch: «Gott behüte euch, meine Kinder! Gott behüte euch alle beide.» Danach fiel sie in eine Art Dämmer, dem ich sie nicht zu entreißen suchte.

Dieses Gespräch wurde nie wieder aufgenommen. Am nächsten Tag fühlte sich meine Mutter besser. Ich ging erneut dem Unterricht nach, und über unsere zaghafte Aussprache senkte sich wieder Schweigen. Was hätte ich im übrigen weiter erfahren sollen? Daß Alissa mich liebte, daran konnte ich keinen Augenblick zweifeln. Und wenn ich es bisher getan hätte, wäre der Zweifel mit dem traurigen Ereignis, das folgte, für immer aus meinem Herzen verschwunden.

Meine Mutter entschlief an einem Abend ganz sanft zwischen Miss Ashburton und mir. Der letzte Anfall, der sie von uns nahm, schien zunächst nicht stärker als die vorangegangenen; er erfuhr erst am Ende eine alarmierende Wendung, so daß keiner der Verwandten rechtzeitig herbeieilen konnte. Zusammen mit der alten Freundin meiner Mutter wachte ich in der ersten Nacht bei der lieben Toten. Ich liebte meine Mutter zutiefst und wunderte mich, daß

ich trotz meiner Tränen keine Traurigkeit in mir fühlte; als ich weinte, tat ich
es aus Mitleid mit Miss Ashburton, welche die um viele Jahre jüngere Freundin
nun vor ihr zu Gott heimgehen sah.
Doch der geheime Gedanke, daß dieser
Tod mir meine Cousine zutreiben würde, war bei weitem beherrschender als
mein Kummer.

Am nächsten Tag kam mein Onkel.
Er überreichte mir einen Brief seiner
Tochter, die erst am folgenden Tag mit
Tante Plantier eintraf.

... *Jérôme, mein Freund, mein Bruder,* schrieb
sie, *wie gräme ich mich, daß ich ihr vor ihrem
Tod nicht mehr die paar Worte sagen konnte,
die ihr die große Befriedigung gegeben hätten,
die sie erwartete. Jetzt möge sie mir verzeihen,
und Gott allein möge uns beide von nun an
leiten! Adieu, mein armer Freund. Ich bin zärtlicher denn je Deine*   *Alissa*

Was mochte dieser Brief bedeuten? Welche Worte waren das nur, die nicht ausgesprochen zu haben sie sich grämte,
wenn nicht die, mit denen sie unsere

Zukunft eingeleitet hätte? Ich war noch so jung, daß ich dennoch nicht gleich um ihre Hand anzuhalten wagte. Und im übrigen, brauchte ich ihr Versprechen? Waren wir nicht schon wie verlobt? Für unsere nächsten Angehörigen war unsere Liebe kein Geheimnis mehr. Mein Onkel legte ihr genausowenig Hindernisse in den Weg wie meine Mutter; im Gegenteil, er behandelte mich bereits wie seinen Sohn.

Die Osterferien, die einige Tage später begannen, verbrachte ich in Le Havre; ich wohnte bei Tante Plantier und nahm fast alle Mahlzeiten bei Onkel Bucolin ein.

Meine Tante Félicie Plantier war die beste aller Frauen, aber weder meine Cousinen noch ich waren sehr vertraut mit ihr. Eine dauernde Geschäftigkeit machte sie atemlos; ihre Bewegungen waren unsanft, ihre Stimme unmelodiös. Sie überrumpelte uns mit Zärtlichkeiten, wenn sie zu irgendeinem Augenblick des Tages von einem Bedürfnis nach Herzlichkeit ergriffen wurde, in das ihre Zuneigung zu uns sich ergoß. Onkel Bucolin mochte sie sehr, doch schon am Klang seiner Stimme, wenn er mit ihr sprach, konnten wir leicht spüren, wie sehr er meine Mutter vorgezogen hatte.

«Mein armes Kind», begann sie eines Abends, «ich weiß nicht, was du diesen Sommer vorhast, aber ich werde warten, bis ich deine Pläne kenne, bevor ich entscheide, was ich selbst tun werde; wenn ich dir nützlich sein kann…»

«Ich habe noch nicht viel darüber nachgedacht», antwortete ich. «Vielleicht werde ich versuchen zu reisen.»

Sie fuhr fort: «Du weißt, daß du bei mir ebenso wie in Fongueusemare immer willkommen bist. Du machst deinem Onkel und Juliette eine Freude, wenn du dorthin gehst…»

«Sie meinen Alissa.»

«Das stimmt! Verzeihung… Stell dir vor, ich hatte mir eingebildet, du liebtest Juliette! Bis dein Onkel es mir sagte… vor noch nicht einem Monat… Weißt du, ich mag euch gern, aber ich kenne euch nicht sehr gut; ich habe so selten Gelegenheit, euch zu sehen…! Und zudem bin ich keine gute Beobachterin;

ich habe keine Zeit, mich um Dinge zu kümmern, die mich nicht zu kümmern haben. Ich hatte dich immer mit Juliette spielen sehen... ich hatte gedacht... sie ist so hübsch, so fröhlich.»

«Ja, ich spiele immer noch gern mit ihr; aber ich liebe Alissa...»

«Sehr gut! Sehr gut, das steht dir frei... ich, weißt du, ich kann ebensogut sagen, ich kenne sie nicht; sie redet weniger als ihre Schwester; ich denke, wenn du sie dir ausgesucht hast, dann hattest du auch gute Gründe dafür.»

«Aber, Tante, ich habe es mir nicht ausgesucht, sie zu lieben, und ich habe mich nie gefragt, welche Gründe ich hatte...»

«Ärgere dich nicht, Jérôme; ich meine es nicht böse... Nun weiß ich nicht mehr, was ich dir sagen wollte... Ach ja: Ich glaube selbstverständlich, daß das alles mit einer Hochzeit enden wird; deiner Trauer wegen kannst du dich aber anständigerweise nicht jetzt schon verloben... außerdem bist du noch sehr jung... Ich dachte, daß deine Anwesenheit in Fongueusemare, jetzt, da du ohne deine Mutter dort wärst, übelgenommen werden könnte…»

«Aber genau deswegen, Tante, sprach ich vom Verreisen.»

«Ja. Nun, mein Kind, ich dachte, meine Anwesenheit könnte die Dinge erleichtern, und ich habe es so eingerichtet, daß ich einen Teil des Sommers frei bin.»

«Wenn ich Miss Ashburton darum gebeten hätte, wäre sie gern gekommen.»

«Ich weiß bereits, daß sie kommt. Doch das genügt nicht! Ich werde ebenfalls hinfahren… Oh, ich habe nicht den Anspruch, deine arme Mutter zu ersetzen», fügte sie, plötzlich schluchzend, hinzu; «aber ich werde mich um den Haushalt kümmern… und schließlich wird keiner von euch, weder du noch dein Onkel, noch Alissa, sich gehemmt fühlen müssen.»

Meine Tante Félicie täuschte sich über die Wirkung ihrer Anwesenheit. Offen gestanden fühlten wir uns nur durch sie gehemmt. Wie sie es angekündigt hatte, richtete sie sich von Juli an in Fongueusemare ein, wohin Miss Ashburton und ich ihr bald nachfolgten. Unter dem Vorwand, Alissa bei den häuslichen Arbeiten zu helfen, erfüllte sie das so stille Haus mit fortwährender Unruhe. Die Beflissenheit, die sie an den Tag legte, um uns angenehm zu sein und, wie sie sagte, «die Dinge zu erleichtern», war so aufdringlich, daß Alissa und ich in ihrer Gegenwart meistens verkrampft und fast stumm waren. Sie mußte uns sehr kühl finden... Und wenn wir nicht so schweigsam gewesen wären, hätte sie die Natur unserer Liebe verstehen können? Juliettes Wesen dagegen kam mit diesem Überschwang gut zurecht; und vielleicht beeinträchtigte ein Groll meine Zuneigung zur Tante, da sie eine sehr deutliche Vorliebe für die jüngere ihrer Nichten bezeigte.

Eines Morgens nach dem Eintreffen der Post ließ sie mich zu sich kommen: «Mein armer Jérôme, es tut mir außerordentlich leid. Meine Tochter ist krank und ruft mich; ich werde gezwungen sein, euch zu verlassen...»

Voller unnötiger Skrupel ging ich zu meinem Onkel, denn ich wußte nicht mehr, ob ich den Mut hätte, nach der Abreise meiner Tante in Fongueusemare zu bleiben. Doch gleich bei meinen ersten Worten rief er aus: «Was läßt sich meine arme Schwester wieder einfallen, um die natürlichsten Dinge kompliziert zu machen? Wie denn! Warum solltest du uns verlassen, Jérôme? Bist du nicht schon fast mein Kind?»

Meine Tante war höchstens vierzehn Tage in Fongueusemare geblieben. Sobald sie fort war, konnte sich das Haus wieder sammeln; erneut zog jene Heiterkeit ein, die sehr viel Ähnlichkeit mit Glück hatte. Meine Trauer hatte unsere Liebe nicht verdüstert, aber gleichsam ernster gemacht. Ein eintönig verlaufendes Leben begann, in dem wie in einem schallempfindlichen Raum die geringste Bewegung unserer Herzen hörbar war.

Einige Tage nach der Abreise meiner Tante sprachen wir eines Abends bei Tisch über sie. Ich erinnere mich, daß wir sagten: «Welche Unruhe! Ist es möglich, daß die Wogen des Lebens ihrer Seele nicht mehr Ruhe lassen? Schöner Schein der Liebe, was wird hier aus deinem Abglanz?» Denn wir erinnerten uns des Wortes von Goethe, der, über Frau von Stein sprechend, schrieb: «Es wäre ein herrliches Schauspiel zu sehen, wie die Welt sich in dieser Seele spiegelt.»[4] Und wir stellten sogleich irgendeine Hierarchie auf, wobei wir die kontemplativen Fähigkeiten zuhöchst stellten.

Mein Onkel, der bis dahin geschwiegen hatte, wies uns traurig lächelnd zurecht: «Meine Kinder», sagte er, «selbst wenn es zerbrochen ist, wird Gott sein Bild noch wiedererkennen. Hüten wir uns, die Menschen nach einem einzigen Augenblick ihres Lebens zu beurteilen. Alles, was euch an meiner armen Schwester mißfällt, verdankt sie Ereignissen, die ich zu gut kenne, um Félicie so gestreng kritisieren zu können, wie ihr es tut. Es gibt keine noch so angenehme Eigenschaft der Jugend, die nicht im Alter verderben könnte. Was ihr ‹Unruhe› nennt, war bei Félicie zu Beginn nur bezaubernder Schwung,

Spontaneität, Hingabe an den Augenblick und Anmut... Wir waren nicht viel
anders, das versichere ich euch, als ihr
heute erscheint. Ich war dir ziemlich
gleich, Jérôme; vielleicht mehr, als ich
selbst weiß. Félicie hatte viel Ähnlichkeit
damit, wie Juliette heute ist... ja, sogar
körperlich – und plötzlich erkenne ich
sie in gewissen Klängen deiner Stimme
wieder», fügte er zu seiner Tochter gewandt hinzu; «sie hatte dein Lächeln –
und diese Geste, die sie bald verloren
hat, manchmal dazusitzen, so wie du,
ohne etwas zu tun, mit vorgestreckten
Ellbogen, die Stirn in die verschränkten
Finger ihrer Hände gestützt.»

Miss Ashburton wandte sich mir zu
und sagte fast flüsternd: «Alissa erinnert
an deine Mutter.»

Der Sommer war in diesem Jahr pracht-
voll. Alles schien wie von Himmelsblau
durchdrungen. Unsere Inbrunst trium-
phierte über das Unheil, über den Tod;
der Schatten wich vor uns. Jeden Morgen weckte mich meine Freude; ich
stand mit der Morgenröte auf, stürzte

dem Tag entgegen... Wenn ich dieser Zeit nachträume, sehe ich sie voller Tau. Juliette, die früher aufstand als ihre nachts sehr lange wach bleibende Schwester, ging mit mir in den Garten. Sie wurde zur Botin zwischen ihrer Schwester und mir; ich erzählte ihr endlos von unserer Liebe, und sie schien es nicht müde zu werden, mir zuzuhören. Ich sagte ihr, was ich Alissa nicht zu sagen wagte, der gegenüber ich aus unmäßiger Liebe ängstlich und gehemmt wurde. Alissa schien bei diesem Spiel mitzumachen, ihren Spaß daran zu haben, daß ich so fröhlich mit ihrer Schwester redete, und wußte nicht oder tat so, als wüßte sie nicht, daß wir letzten Endes nur über sie sprachen.

O feines Ränkespiel der Liebe, des Übermaßes der Liebe, auf welch geheimem Weg führtest du uns vom Lachen zu den Tränen und von der naivsten Freude zum Anspruch der Tugend!

Der Sommer verging so rein, so glatt, daß mein Gedächtnis heute von den dahingleitenden Tagen fast nichts zurückrufen kann. Die einzigen Erlebnisse waren Gespräche, Lektüre...

«Ich hatte einen traurigen Traum», sagte Alissa zu mir am Morgen eines meiner letzten Ferientage. «Ich lebte, und du warst tot. Nein: ich sah dich nicht sterben. Es war nur so: du warst tot. Es war fürchterlich; es war derart unmöglich, daß ich erwirkte, daß du nur abwesend seist. Wir waren getrennt, und ich fühlte, daß es ein Mittel gab, wieder mit dir zusammenzukommen. Ich suchte danach und bemühte mich so sehr, es zu finden, daß ich aufwachte.

Heute morgen, glaube ich, stand ich immer noch unter dem Eindruck dieses Traums; es war, als würde ich ihn fortsetzen. Mir schien, als wäre ich immer noch von dir getrennt, als sollte ich lange von dir getrennt bleiben, lange» – und ganz leise fügte sie hinzu: «mein ganzes Leben – und als müßte man sich das ganze Leben sehr anstrengen...»

«Wofür?»

«Jeder, sehr anstrengen, damit wir wieder zusammenkommen.»

Ich nahm diese Worte nicht ernst oder fürchtete mich, sie ernst zu nehmen. Wie um zu protestieren, sagte ich,

57

während mein Herz heftig schlug, mit plötzlichem Mut zu ihr: «Nun, ich habe heute morgen geträumt, ich würde dich so fest heiraten, daß nichts, nichts uns trennen könnte – als der Tod.»

«Du glaubst, daß der Tod trennen kann?» fragte sie.

«Ich meine…»

«Ich denke, daß er im Gegenteil annähern kann… ja – annähern, was im Leben getrennt war.»

All das drang so tief in uns ein, daß ich sogar noch den Tonfall unserer Worte höre. Doch ihre ganze Bedeutung begriff ich erst später.

Der Sommer verging. Schon waren die meisten Felder leer, und der Blick reichte in unverhoffte Weiten. Am letzten, nein: am vorletzten Abend vor meiner Abreise ging ich mit Juliette zum Gehölz des unteren Parks.

«Was hast du gestern vor Alissa rezitiert?» fragte sie mich.

«Wann denn?»

«Auf der Bank bei der Mergelgrube, als wir euch hinter uns gelassen haben…»

«Ach! Ein paar Verse von Baudelaire, glaube ich...»

«Welche? Willst du sie mir nicht sagen?»

«Bald werden wir ins kalte Dunkel tauchen», begann ich ziemlich widerwillig.

Doch sie unterbrach mich sogleich und fuhr mit zitternder und veränderter Stimme fort: «Leb wohl, zu kurzer Sommer scharfe Helle!»[5]

«Wie! Du kennst sie?» rief ich aus, höchst überrascht. «Ich dachte, du magst keine Verse...»

«Warum denn? Weil du für mich keine rezitierst?» sagte sie lachend, aber ein wenig verkrampft. «Mitunter scheinst du mich ja für vollkommen beschränkt zu halten.»

«Man kann sehr intelligent sein und keine Verse mögen. Niemals habe ich dich welche aufsagen hören, noch hast du mich gebeten, welche zu rezitieren.»

«Weil Alissa das übernimmt...» Sie schwieg einige Augenblicke, dann fragte sie plötzlich: «Übermorgen reist du ab?»

«Es muß sein.»

«Was machst du diesen Winter?»

«Mein erstes Jahr in der École Normale Supérieure.»

«Wann gedenkst du denn, Alissa zu heiraten?»

«Nicht vor dem Militärdienst. Auch nicht, bevor ich nicht ein wenig besser weiß, was ich danach tun will.»

«Weißt du es noch nicht?»

«Ich will es noch nicht wissen. Zu viele Dinge interessieren mich. Ich schiebe den Augenblick, in dem ich wählen muß, um dann nur noch das eine zu tun, so lange wie möglich hinaus.»

«Ist es auch die Angst, dich festzulegen, die dich deine Verlobung hinausschieben läßt?»

Ich zuckte mit den Schultern, ohne zu antworten.

Sie ließ nicht locker: «Also, worauf wartet ihr, um euch zu verloben? Warum verlobt ihr euch nicht sofort?»

«Warum sollten wir uns denn verloben? Genügt es uns nicht, zu wissen, daß wir einander gehören und immer gehören werden, ohne daß alle Welt darüber unterrichtet ist? Wenn es mir

gefällt, mein ganzes Leben für sie ein-
zusetzen, fändest du es schöner, wenn
ich meine Liebe durch ein Versprechen
fesselte? Ich nicht. Gelöbnisse erschienen mir wie eine Beleidigung der Liebe... Ich würde nur wünschen, mich zu
verloben, wenn ich ihr mißtraute.»

«Ich mißtraue nicht ihr...»

Wir gingen langsam. Wir waren an
dem Punkt des Parks angelangt, wo ich
damals unfreiwillig das Gespräch Alissas
mit ihrem Vater gehört hatte. Plötzlich
kam mir der Gedanke, daß vielleicht
Alissa, die ich in den Garten hatte gehen
sehen, auf dem Rondell saß und daß sie
uns ebenfalls gut verstehen konnte; die
Möglichkeit, sie mit anhören zu lassen,
was ich ihr nicht direkt zu sagen wagte,
verlockte mich sofort. Erfreut über meine List, erhob ich die Stimme und rief
mit jenem etwas pathetischen Überschwang meines Alters, während ich viel
zu sehr auf meine Worte achtete, um aus
denjenigen Juliettes all das herauszu-
hören, was sie nicht sagte: «Ach, könnten
wir doch in der Seele, die wir lieben, wie
in einem Spiegel sehen, welches Bild sie

von uns trägt, und im anderen lesen wie in uns selbst, besser als in uns selbst! Welche Ruhe in der Zärtlichkeit! Welche Reinheit in der Liebe!»

Ich war so eingebildet, Juliettes Verwirrung für eine Auswirkung meiner mittelmäßigen lyrischen Erhebung zu halten. Sie barg plötzlich ihren Kopf an meiner Schulter: «Jérôme! Jérôme! Ich möchte sicher sein, daß du sie glücklich machen wirst! Wenn sie auch durch dich leiden müßte, würde ich dich hassen, glaube ich.»

«Aber, Juliette», rief ich, umarmte sie und hob ihre Stirn empor, «ich würde mich selbst hassen. Wenn du wüßtest...! Gerade um erst mit ihr mein Leben zu beginnen, will ich noch nicht über meine Laufbahn entscheiden! Ich mache doch meine ganze Zukunft von ihr abhängig! All das, was ich ohne sie sein könnte, will ich ja gar nicht...»

«Was sagt sie, wenn du mit ihr darüber sprichst?»

«Ich spreche nie mit ihr darüber! Nie. Auch deshalb verloben wir uns noch nicht; nie ist zwischen uns die Rede vom

Heiraten oder davon, was wir danach tun werden. O Juliette! Das Leben mit ihr erscheint mir derart schön, daß ich nicht den Mut habe... Verstehst du das? Daß ich nicht den Mut habe, mit ihr darüber zu sprechen.»

«Du willst, daß das Glück sie überrascht.»

«Nein! Das ist es nicht. Aber ich habe Angst... ihr angst zu machen, verstehst du? Ich habe Angst, daß dieses maßlose Glück, das ich erahne, sie erschreckt! – Eines Tages habe ich sie gefragt, ob sie sich wünsche zu reisen. Sie hat gesagt, daß sie sich nichts wünsche, daß es ihr genüge, zu wissen, daß diese Länder existieren, daß sie schön sind, daß es anderen vergönnt ist, sie zu besuchen...»

«Und du, Jérôme, möchtest du denn reisen?»

«Überallhin! Das ganze Leben erscheint mir wie eine lange Reise – mit ihr, durch die Bücher, die Menschen, die Länder... Denkst du daran, was diese Worte bedeuten: den Anker lichten?»

«Ja, ich denke oft daran», murmelte sie. Doch ich, der ich ihr kaum zuhörte und ihre Worte zu Boden fallen ließ wie arme, verletzte Vögel, ich fuhr fort: «Nachts aufbrechen; erwachen in der blendenden Morgenröte: zu zweit sich allein fühlen auf der Ungewißheit der See...»

«Und die Einfahrt in einen Hafen, den man schon als Kind auf der Karte betrachtet hatte; wo alles unbekannt ist... Ich stelle mir dich auf dem Landungssteg vor, wie du mit Alissa, die sich auf deinen Arm stützt, das Schiff verläßt.»

«Wir würden schnell zur Post gehen», fügte ich lachend hinzu, «und den Brief verlangen, den Juliette uns geschrieben hätte...»

«...aus Fongueusemare, wo sie geblieben wäre und das euch ganz klein, ganz traurig und ganz fern vorkommen würde...»

Sind dies genau ihre Worte? Ich kann es nicht beschwören – denn, wie ich schon sagte, ich war so erfüllt von meiner Liebe, daß ich daneben kaum noch etwas anderes hörte als sie.

Wir kamen zum Rondell; wir wollten

umkehren, als plötzlich Alissa aus der Dunkelheit trat. Sie war so blaß, daß Juliette aufschrie.

«Ich fühle mich tatsächlich nicht sehr wohl», stammelte Alissa hastig. «Die Luft ist kühl. Ich glaube, ich gehe besser hinein.» Sie verließ uns sofort und kehrte mit schnellem Schritt zum Haus zurück.

«Sie hat gehört, was wir sagten», rief Juliette, als Alissa sich ein wenig entfernt hatte.

«Aber wir haben nichts gesagt, was sie bekümmern könnte. Im Gegenteil...»

«Laß mich», sagte sie und stürzte ihrer Schwester nach.

In jener Nacht konnte ich nicht schlafen. Alissa war zum Abendessen erschienen und hatte sich dann gleich danach, über Migräne klagend, zurückgezogen. Was hatte sie von unserem Gespräch gehört? Und ich rief mir beunruhigt unsere Worte ins Gedächtnis. Dann dachte ich, daß ich vielleicht unrecht getan hatte, allzu nah neben Juliette zu gehen und meinen Arm um sie zu legen; doch das war eine Kindergewohnheit, und Alissa

hatte uns schon manches Mal so gehen
sehen. Ach, wie jämmerlich blind war
ich, der ich tastend nach meinem Unrecht suchte und keinen Augenblick daran dachte, daß Alissa die Worte Juliettes,
denen ich so wenig zugehört hatte und
an die ich mich so schlecht erinnerte,
vielleicht besser verstanden hatte. Einerlei! Irregeführt durch meine Unruhe,
entsetzt bei dem Gedanken, daß Alissa
an mir zweifeln könnte, und ohne mir
eine andere Gefahr vorstellen zu können, entschloß ich mich, trotz dem, was
ich Juliette gesagt haben mochte, meine
Skrupel, meine Befürchtungen zu überwinden und mich am nächsten Tag zu
verloben.

Es war am Abend vor meiner Abreise.
Diesem Umstand konnte ich Alissas Traurigkeit zuschreiben. Ich hatte den Eindruck, daß sie mir auswich. Der Tag verging, ohne daß ich sie allein hätte sehen
können. Die Angst, abfahren zu müssen,
bevor ich mit ihr gesprochen hatte, trieb
mich kurz vor dem Abendessen in ihr
Zimmer. Sie legte ein Korallenhalsband

an, und um es zu schließen, hob sie die Arme und neigte sich vor, während sie, mit dem Rücken zur Tür, über ihre Schulter hinweg in einen Spiegel zwischen zwei brennenden Leuchtern blickte. In diesem Spiegel sah sie mich zunächst und betrachtete mich eine Weile, ohne sich umzudrehen.

«So was! War meine Tür denn nicht geschlossen?» sagte sie.

«Ich habe geklopft; du hast nicht geantwortet. Alissa, du weißt, daß ich morgen abreise?»

Sie antwortete nicht, sondern legte das Halsband auf den Kamin, da es ihr nicht gelang, es zu schließen. Das Wort «Verlobung» schien mir zu nackt, zu grob, ich benutzte statt dessen irgendeine Umschreibung. Sobald Alissa mich verstand, schien es mir, als ob sie wankte, sich auf den Kamin stützte... doch ich zitterte selbst so sehr, daß ich es ängstlich vermied, sie anzusehen.

Ich stand neben ihr, und ohne aufzublicken, ergriff ich ihre Hand; sie machte sich nicht los, aber sie neigte ein wenig ihr Gesicht, hob meine Hand ein wenig empor, drückte ihre Lippen darauf und murmelte, halb an mich gelehnt: «Nein, Jérôme; nein; wir wollen uns nicht verloben, ich bitte dich...»

Mein Herz schlug so heftig, daß sie es, glaube ich, spürte; sie sagte noch einmal, zärtlicher: «Nein; noch nicht...»

Und als ich sie fragte: «Warum?», erwiderte sie: «Aber ich könnte vielmehr dir die Frage stellen: ‹Warum? Warum etwas ändern?›»

Ich hatte nicht den Mut, das Gespräch des Vortags zu erwähnen, doch zweifellos spürte sie, daß ich daran dachte, und sagte wie als Antwort auf meine Gedanken, indem sie mich unverwandt ansah: «Du irrst dich, mein Freund: ich brauche nicht so viel Glück. Sind wir so nicht froh?»

Vergeblich bemühte sie sich um ein Lächeln.

«Nein, ich muß dich ja verlassen.»

«Hör zu, Jérôme, ich kann heute abend nicht mit dir reden... Wir wollen uns nicht die letzten Augenblicke verderben... Nein; nein. Ich liebe dich wie nie zuvor; sei beruhigt. Ich werde dir schreiben; ich werde es dir erklären. Ich verspreche dir, daß ich dir gleich morgen schreibe... sobald du fort bist. Geh jetzt! Sieh nur, jetzt weine ich... laß mich.»

Sie schob mich weg, befreite sich sanft von mir – und das war unser Abschied, denn an jenem Abend konnte ich ihr nichts mehr sagen, und als ich am nächsten Tag aufbrach, schloß sie sich in ihrem Zimmer ein. Ich sah sie am Fenster zum Abschied winken und dem Wagen nachschauen, der mich davontrug.

III

Ich hatte Abel Vautier in diesem Jahr
kaum sehen können; er hatte sich, der
Einberufung zuvorkommend, freiwillig
gemeldet, während ich die letzte Klasse
wiederholte, um meinen Abschluß vorzubereiten. Ich war zwei Jahre jünger als
Abel und hatte meinen Militärdienst auf
die Zeit nach der École Normale ver-
schoben, in die wir beide in diesem Jahr
eintreten sollten.

Wir sahen uns freudig wieder. Nachdem er die Armee verlassen hatte, war er
über einen Monat lang gereist. Ich fürchtete, ihn verändert zu finden; er hatte
nur an Sicherheit gewonnen, doch ohne
etwas von seinem anziehenden Wesen
zu verlieren. An dem Nachmittag, der
dem Schulbeginn vorausging und den
wir im Jardin du Luxembourg verbrachten, konnte ich mich nicht mehr zurückhalten und berichtete ihm ausführlich
von meiner Liebe, von der er im übrigen schon wußte. Er hatte in jenem Jahr

einige Erfahrung mit Frauen gesammelt, was ihm erlaubte, eine etwas blasierte Überlegenheit an den Tag zu legen, woran ich mich aber nicht stieß. Er machte sich über mich lustig, weil ich es nicht verstanden hatte, mein letztes Wort anzubringen, wie er sagte, und stellte den Grundsatz auf, daß man einer Frau nie Zeit lassen dürfe, sich wieder zu fassen. Ich ließ ihn reden, dachte jedoch, daß seine ausgezeichneten Argumente weder für mich noch für Alissa galten und daß er ganz einfach bewies, daß er uns nicht recht verstand.

Am Tag nach unserer Ankunft erhielt ich den folgenden Brief:

Mein lieber Jérôme!
Ich habe lange darüber nachgedacht, was Du mir vorschlugst (was ich vorschlug! So nennt sie unsere Verlobung!). *Ich habe Angst, zu alt für Dich zu sein. Das erscheint Dir vielleicht noch nicht so, weil Du noch keine Gelegenheit gehabt hast, andere Frauen zu sehen; doch ich denke daran, wie ich später, nachdem ich mich Dir hingegeben habe, leiden würde, wenn ich sehe, daß ich Dir nicht mehr*

zu gefallen vermag. Du wirst gewiß sehr em-
pört sein, wenn Du das liest. Ich glaube, Deine
Beteuerungen zu hören; dennoch bitte ich
Dich, noch zu warten, bis Du etwas weiter bist
im Leben.

Begreife, daß ich hier nur für Dich spreche,
denn was mich selbst angeht, so glaube ich
wohl, daß ich nie werde aufhören können,
Dich zu lieben.   *Alissa*

Aufhören, uns zu lieben! Konnte denn
davon die Rede sein? – Ich war noch
mehr erstaunt als traurig, aber so aufge-
wühlt, daß ich sofort zu Abel lief und
ihm den Brief zeigte.

«Nun, was gedenkst du zu tun?» sagte
dieser, nachdem er kopfschüttelnd und
mit zusammengekniffenen Lippen den
Brief gelesen hatte. Voller Ungewißheit
und Verzweiflung hob ich die Arme.

«Ich hoffe zumindest, daß du nicht
antwortest! Wenn man anfängt, mit einer Frau zu diskutieren, ist man verloren. Hör zu: Wenn wir am Samstag in
Le Havre übernachten, können wir am
Sonntag morgen in Fongueusemare und
zur ersten Stunde am Montag wieder

hier sein. Ich habe deine Verwandten seit meinem Militärdienst nicht wiedergesehen; das ist ein ausreichender Vorwand, der mir außerdem Ehre macht. Wenn Alissa merkt, daß alles nur ein Vorwand ist, um so besser! Ich werde mich um Juliette kümmern, während du mit ihrer Schwester sprichst. Du mußt versuchen, nicht das Kind zu spielen... Offen gesagt, ist an deiner Geschichte etwas, das ich mir nicht recht erklären kann; du hast mir wohl nicht alles erzählt... Einerlei! Ich werde dahinterkommen... Kündige vor allem unsere Ankunft nicht an: Du mußt deine Cousine überraschen und darfst ihr nicht die Zeit lassen, sich zu wappnen.»

Mein Herz klopfte heftig, als ich das Gartentor aufstieß. Juliette kam uns alsbald entgegengelaufen. Alissa, die in der Wäschekammer beschäftigt war, beeilte sich nicht herunterzukommen. Wir unterhielten uns mit meinem Onkel und Miss Ashburton, als sie endlich in den Salon trat. Wenn unser plötzliches Kommen sie verwirrt hatte, so verstand sie es zumindest, sich nichts anmerken zu lassen; ich dachte an das, was Abel mir gesagt hatte, und daß sie genau deshalb so lange nicht erschienen war, um sich gegen mich zu «wappnen». Juliettes außerordentliche Lebhaftigkeit ließ ihre Zurückhaltung noch kühler erscheinen. Ich spürte, daß sie meine Rückkehr mißbilligte; wenigstens versuchte sie, eine mißbilligende Miene aufzusetzen, hinter der ich eine insgeheime stärkere Bewegung nicht zu suchen wagte. Sie saß ziemlich weit von uns entfernt in einer Ecke am Fenster und schien ganz in eine Stickerei vertieft; sie bewegte die Lippen, während sie die Stiche ausführte. Abel redete; zum Glück, denn ich selbst fühlte mich nicht dazu imstande, und ohne die Berichte von seinem Dienstjahr und seiner Reise wären die ersten Augenblicke dieses Wiedersehens trostlos gewesen. Insbesondere mein Onkel schien besorgt.

Gleich nach dem Mittagessen nahm Juliette mich beiseite und zog mich in den Park: «Stell dir vor, man hat um meine Hand angehalten!» rief sie aus, sobald wir allein waren. «Tante Félicie hat gestern Papa geschrieben, um ihm mitzuteilen, daß ein Weinbauer aus Nîmes um mich wirbt; ein sehr anständiger Mann, versichert sie, der sich in mich verliebt hat, als er mich im Frühjahr ein paarmal in Gesellschaft traf.»

«Hast du ihn gesehen, diesen Herrn?» fragte ich mit unwillkürlicher Feindseligkeit gegen den Freier.

«Ja, ich weiß, wer das ist. Eine Art gutmütiger Don Quichotte, ungebildet, sehr häßlich, sehr gewöhnlich, ziemlich lächerlich, vor dem die Tante nicht ernst bleiben konnte.»

«Hat er – Aussichten?» fragte ich mit spöttischem Ton.

«Aber, Jérôme! Du scherzt…! Ein Weinhändler…! Wenn du ihn gesehen hättest, würdest du mir die Frage nicht stellen.»

«Und… was hat mein Onkel geantwortet?»

«Was ich selbst geantwortet habe: daß ich zu jung sei, um zu heiraten… Unglücklicherweise», fügte sie lachend hinzu, «hatte meine Tante diesen Einwand vorausgesehen; in einem Postskriptum sagt sie, daß Monsieur Édouard Teissières, so heißt er, einverstanden ist zu warten, daß er sich nur deshalb gleich erklärt, um ‹vorgemerkt zu werden›... Das ist absurd; aber was soll ich tun? Ich kann ihm doch nicht sagen lassen, daß er zu häßlich ist!»

«Nein, aber daß du keinen Weinbauern heiraten willst.»

Sie zuckte mit den Schultern: «Das sind Gründe, die in der Vorstellung meiner Tante keinerlei Gültigkeit haben... Lassen wir das. Hat Alissa dir geschrieben?»

Sie sprach äußerst hastig und schien sehr erregt. Ich reichte ihr Alissas Brief, den sie errötend las. Ich glaubte, einen zornigen Unterton in ihrer Stimme zu hören, als sie mich fragte: «Nun, was wirst du tun?»

«Ich weiß nicht mehr», antwortete ich. «Jetzt, da ich hier bin, fühle ich, daß es leichter gewesen wäre, zu schreiben, und ich mache mir bereits Vorwürfe, daß ich gekommen bin. Verstehst du, was sie sagen wollte?»

«Ich denke, daß sie dir deine Freiheit lassen will.»

«Lege ich denn Wert auf meine Freiheit? Und verstehst du, warum sie mir das schreibt?»

Sie verneinte derart barsch, daß ich, ohne die Wahrheit auch nur im geringsten zu ahnen, von diesem Augenblick an zumindest die Überzeugung gewann, daß Juliette vielleicht doch nicht ganz unwissend war. Dann machte sie an einer Biegung des Weges, dem wir folgten, plötzlich kehrt. «Jetzt laß mich. Du bist nicht gekommen, um dich mit mir zu unterhalten. Wir sind schon viel zu lange beisammen.»

Sie lief eilends zum Haus, und einen Augenblick später hörte ich sie dann am Klavier.

Als ich wieder in den Salon kam, unterhielt sie sich, ohne ihr jetzt aber lässiges und wie aufs Geratewohl improvisierendes Spiel zu unterbrechen, mit Abel, der sich zu ihr gesellt hatte. Ich ließ die beiden allein. Ich irrte ziemlich lange durch den Park auf der Suche nach Alissa.

Sie war hinten in dem Obstgarten und pflückte am Fuß einer Mauer die ersten Chrysanthemen, deren Duft sich mit dem der welken Blätter des Buchenhains mischte. Die Luft war herbstgesättigt. Die Sonne erwärmte kaum noch die Spaliere, doch der Himmel war von östlicher Klarheit. Ihr Gesicht war eingerahmt, fast verhüllt von einer großen zeeländischen Haube, die Abel ihr von der Reise mitgebracht und die sie sofort aufgesetzt hatte. Sie drehte sich zunächst nicht um, als ich näher kam, doch ein leichtes Beben, das sie nicht unterdrücken konnte, zeigte mir, daß sie meinen Schritt erkannt hatte; und schon war ich angespannt, machte mir Mut gegen ihre Vorwürfe und die Strenge, mit der ihr Blick auf mir lasten würde. Doch als ich nahe genug war und bereits ängstlich meinen Schritt verlangsamte, streckte sie, zunächst noch ohne mir die Stirn zuzuwenden, die sie gesenkt hielt wie ein schmollendes Kind, mir fast rückwärts die Hand voller Blumen entgegen und schien mich so einzuladen heranzukommen. Und als ich statt dessen bei dieser

Geste zum Spaß stehenblieb, drehte sie sich endlich um, machte ein paar Schritte auf mich zu und hob ihr Gesicht, und ich sah, daß es voller Lächeln war.

Von ihrem Blick erleuchtet, schien mir plötzlich alles von neuem einfach und leicht, so daß ich ohne Mühe und mit unveränderter Stimme begann: «Dein Brief hat mich zurückkommen lassen.»

«Ich habe es schon geahnt», sagte sie und, indem sie durch eine Modulation ihrer Stimme den Stachel ihres Tadels abstumpfte: «Und genau das verdrießt mich. Warum hast du übelgenommen, was ich sagte? Es war doch ganz einfach…» (Und schon erschienen mir Betrübnis und Schwierigkeit tatsächlich nur noch eingebildet, existierten nur noch in meinem Geist.) «Wir waren glücklich so, ich hatte es dir doch gesagt, warum wunderst du dich, daß ich ablehne, wenn du mir eine Änderung vorschlägst?»

Ich fühlte mich wirklich glücklich bei ihr, so vollkommen glücklich, daß mein Denken danach strebte, sich in nichts mehr von dem ihren zu unterscheiden; und schon hatte ich keinen anderen

Wunsch mehr als ihr Lächeln und mit ihr so, Hand in Hand, einen warmen, blumengesäumten Weg zu gehen.

«Wenn es dir lieber ist», sagte ich ernst, indem ich auf einmal jede andere Hoffnung aufgab und mich dem vollkommenen Glück des Augenblicks überließ, «wenn es dir lieber ist, verloben wir uns nicht. Als ich deinen Brief erhielt, begriff ich zugleich, daß ich wirklich glücklich war und daß ich aufhören würde, es zu sein. Ach, gib mir dieses Glück wieder, das ich besaß; ich kann es nicht entbehren. Ich liebe dich genug, um mein ganzes Leben auf dich zu warten; aber daß du aufhören sollst, mich zu lieben, oder daß du an meiner Liebe zweifelst, Alissa – dieser Gedanke ist mir unerträglich.»

«Ach, Jérôme, ich kann nicht daran zweifeln.»

Und ihre Stimme war, während sie das sagte, zugleich ruhig und traurig; doch das Lächeln, das ihr Gesicht erhellte, war so heiter schön, daß ich mich meiner Befürchtungen und Beteuerungen schämte; mir schien es nun, als käme allein von ihnen jener traurige Unterton, den ich in ihrer Stimme spürte. Ohne jede Überleitung begann ich von meinen Plänen zu sprechen, von meinen Studien und von dieser neuen Lebensform, von der ich mir so viele Vorteile erhoffte. Die École Normale war damals noch nicht, was sie seit kurzem geworden ist; eine ziemlich strenge Disziplin belastete nur die trägen oder widerspenstigen Geister; strebsame Willensanstrengung begünstigte sie. Es gefiel mir, daß diese fast mönchischen Gepflogenheiten mich vor einer Welt bewahrten, von der ich mich im übrigen wenig angezogen fühlte, und es hatte mir genügt, daß Alissa sie fürchten konnte, um sie mir sogleich hassenswert erscheinen zu lassen. Miss Ashburton behielt in Paris die Wohnung, die sie zunächst mit meiner Mutter geteilt hatte. Da wir in Paris fast nur sie kannten, würden Abel und ich jeden Sonntag ein paar Stunden bei ihr verbringen; jeden Sonntag würde ich Alissa schreiben und ihr nichts von meinem Leben verbergen.

Wir saßen jetzt auf dem Rahmen der

offenen Frühbeetfenster, aus denen riesige Gurkenstengel wucherten, deren letzte Früchte schon abgepflückt waren. Alissa hörte mir zu, fragte mich aus; noch nie hatte ich ihre Zärtlichkeit aufmerksamer und ihre Zuneigung eindringlicher empfunden. Furcht, Kummer, selbst die allerleichteste Unruhe verflüchtigten sich in ihrem Lächeln, vergingen in dieser bezaubernden Vertraulichkeit wie Nebel in dem vollkommenen Blau des Himmels.

Dann verbrachten wir auf einer Bank des Buchenhains, wo Juliette und Abel sich zu uns gesellt hatten, das Ende des Tages damit, den «Triumph der Zeit»[6] von Swinburne wiederzulesen; reihum las jeder von uns eine Strophe. Der Abend kam.

«Gehen wir!» sagte Alissa, als sie mich zum Abschied küßte, halb scherzend, jedoch mit der Miene einer älteren Schwester, die vielleicht von meinem unbedachten Verhalten provoziert wurde und die sie gern aufsetzte: «Versprich mir jetzt, von nun an nicht mehr so romantisch zu sein...»

82

«Nun, bist du verlobt?» fragte mich Abel, sobald wir wieder allein waren.

«Mein Lieber, davon ist keine Rede mehr», antwortete ich und fügte sofort in einem Ton, der jede weitere Frage erübrigte, hinzu: «Und so ist es viel besser. Nie war ich glücklicher als heute abend.»

«Ich auch nicht», rief er aus; dann fiel er mir plötzlich um den Hals: «Ich werde dir etwas Wunderbares, etwas Großartiges sagen! Jérôme, ich bin wahnsinnig verliebt in Juliette! Ich ahnte es letztes Jahr schon ein wenig; aber inzwischen habe ich gelebt, und ich wollte dir nichts sagen, bevor ich nicht deine Cousinen wiedergesehen hatte. Jetzt ist es geschehen; mein Leben ist entschieden. Ich liebe, was sag' ich, lieben – ich vergöttere Juliette! Schon lange schien es mir, als hätte ich für dich so etwas wie schwägerliche Zuneigung...»

Dann umarmte er mich lachend und übermütig mit aller Kraft und wälzte sich wie ein Kind auf den Polstern des Waggons, der uns wieder nach Paris brachte. Ich war ganz benommen von seinem Geständnis und ein wenig peinlich berührt durch die Beimischung von Literatur, die ich spürte; doch wie konnte man solchem Ungestüm und solcher Freude widerstehen…?

«Ja, und? Hast du dich erklärt?» gelang es mir, zwischen zwei Gefühlsausbrüchen zu fragen.

«Nein! Nicht doch», rief er; «ich möchte nicht das bezauberndste Kapitel in der Geschichte überspringen. ‹Der schönste Augenblick der Liebe ist nicht, wenn man sagt: Ich liebe dich…› Du wirst mir das doch nicht vorwerfen, du, der Meister der Langsamkeit.»

«Aber», wandte ich ein wenig gereizt ein, «denkst du denn, daß sie ihrerseits…»

«Du hast wohl nicht gemerkt, wie verwirrt sie war, als sie mich wiedersah! Und diese Erregtheit, dieses Erröten, dieser Redeschwall während der ganzen Zeit unseres Besuchs…! Nein, du hast natürlich nichts gemerkt, weil du ganz mit Alissa beschäftigt bist… Und wie sie mich ausfragte! Wie sie an meinen Lippen hing! Ihr Verstand hat sich seit einem Jahr mächtig entwickelt. Ich weiß nicht, wie du darauf kommst, daß sie nicht gerne liest; du glaubst immer, das wäre nur etwas für Alissa… Aber, mein Lieber, es ist erstaunlich, was sie alles kennt! Weißt du, womit wir uns vor dem Abendessen vergnügt haben? Damit, uns eine Kanzone von Dante in Erinnerung zu rufen. Jeder von uns sagte einen Vers auf; und sie verbesserte mich, wenn ich mich irrte. Du weißt doch: ‹Amor, che nella mente mi ragiona.›[7] Du hattest mir nicht gesagt, daß sie Italienisch gelernt hat.»

«Ich wußte es selbst nicht», sagte ich ziemlich überrascht.

«Wie! Als sie mit der Kanzone anfing, hat sie mir gesagt, daß sie sie durch dich kennengelernt hat.»

«Sie hat sicher gehört, wie ich sie ihrer Schwester vorgelesen habe, als sie einmal nähend oder stickend bei uns saß, wie sie es oft tut; aber der Teufel soll mich holen, wenn sie sich hat anmerken lassen, daß sie etwas verstand.»

«Stimmt! Alissa und du, ihr seid verblüffend egoistisch. Ihr seid ganz in eurer Liebe versunken und habt keinen

Blick für das bewundernswerte Aufblühen dieses Verstandes, dieser Seele! Ich will mir keine Komplimente machen, aber es war doch an der Zeit, daß ich kam ... Nicht doch, nicht doch, ich nehme es dir nicht übel, das siehst du ja», sagte er und umarmte mich wieder. «Nur, versprich mir: Kein Wort von all dem zu Alissa. Ich habe vor, die Sache ganz allein in die Hand zu nehmen. Juliette ist erobert, das steht fest, und so sehr, daß ich es wage, sie bis zu den nächsten Ferien allein zu lassen. Ich gedenke sogar, ihr bis dahin gar nicht zu schreiben. Aber die Neujahrsferien werden wir in Le Havre verbringen, du und ich, und dann ...»

«Und dann ...?»

«Nun ja! Alissa wird plötzlich von unserer Verlobung erfahren. Ich beabsichtige, zügig vorzugehen. Und weißt du, was geschehen wird? Die Einwilligung Alissas, die du nicht imstande bist, ihr zu entlocken, werde ich dir kraft unseres Beispiels erlangen. Wir werden sie überzeugen, daß man unsere Hochzeit nicht vor der euren feiern kann ...»

Er fuhr fort, überschwemmte mich mit einer unerschöpflichen Flut von Worten, die nicht einmal bei der Ankunft des Zuges in Paris aufhörte, nicht einmal bei unserer Rückkehr in die École Normale, denn obwohl wir den Weg vom Bahnhof zur Schule zu Fuß zurückgelegt hatten und trotz der vorgerückten Stunde begleitete mich Abel in mein Zimmer, wo wir die Unterhaltung bis zum Morgen fortsetzten.

Abels Begeisterung verfügte über die Gegenwart und die Zukunft. Er sah und schilderte schon unsere Doppelhochzeit, malte sich die Überraschung und Freude von allen aus; er ließ sich hinreißen von der Schönheit unserer Geschichte, unserer Freundschaft, seiner Rolle in meiner Liebe. Ich wehrte mich nur schwach gegen einen so schmeichlerischen Eifer, fühlte, wie er mich schließlich durchdrang, und gab allmählich dem Reiz der trügerischen Verlockungen nach. Begünstigt durch unsere Liebe, wuchsen unser Ehrgeiz und unser Mut. Kaum waren wir nach Beendigung der Schule von Pastor Vautier getraut, traten wir alle vier eine Reise an; dann stürzten wir uns in ungeheure Arbeiten, bei denen unsere Frauen bereitwillig Mitarbeiterinnen wurden. Abel, den der Lehrberuf wenig lockte und der zum Schreiben geboren zu sein glaubte, verdiente mittels einiger Erfolgsstücke rasch das Vermögen, das ihm fehlte; was mich angeht, den die Studien mehr reizten als der Gewinn, der dabei abfallen kann, so gedachte ich mich der Religionsphilosophie zu widmen, deren Geschichte ich schreiben wollte… Doch was nützt es, hier an solche Hoffnungen zu erinnern?

Am nächsten Tag vertieften wir uns in die Arbeit.

IV

Die Zeit bis zu den Neujahrsferien war
so kurz, daß mein Glaube, gesteigert
vom letzten Gespräch mit Alissa, nicht
einen Augenblick wanken konnte. Wie
ich es mir vorgenommen hatte, schrieb
ich ihr sehr ausführlich jeden Sonntag;
an den anderen Tagen lebte ich, während
ich mich von meinen Kameraden fern-
hielt und fast nur mit Abel Umgang hatte, im Gedanken an Alissa und versah
meine Lieblingsbücher mit Hinweisen
für sie, indem ich dem Interesse, das sie
daran finden mochte, das, was ich selbst
darin suchte, unterordnete. Ihre Briefe
hörten nicht auf, mich zu beunruhigen.
Obwohl sie die meinen ziemlich regel-
mäßig beantwortete, sah ich in ihrem
eifrigen Mithalten eher das Bemühen,
mich in meiner Arbeit zu ermutigen, als
einen Drang ihres Geistes; und während
Einschätzungen, Diskussionen, Kritik für
mich nur Mittel waren, meine Gedanken
auszudrücken, schien es mir sogar, daß

sie im Gegenteil all das nur benützte, um mir ihre Gedanken zu verbergen. Manchmal fragte ich mich, ob sie sich nicht gar einen Spaß daraus machte... Einerlei! Entschlossen, mich über nichts zu beklagen, ließ ich in meinen Briefen nichts von meiner Unruhe durchblicken.

Ende Dezember fuhren wir, Abel und ich, also nach Le Havre.

Ich stieg bei Tante Plantier ab. Sie war nicht zu Hause, als ich ankam. Doch ich hatte noch nicht richtig Zeit gehabt, mich in meinem Zimmer einzurichten, als mir ein Diener bestellte, daß sie mich im Salon erwarte.

Kaum hatte sie sich nach meiner Gesundheit, meiner Unterbringung, meinem Studium erkundigt, überließ sie sich ohne weitere Vorsichtsmaßnahmen ihrer anhänglichen Neugier: «Du hast mir noch nicht gesagt, mein Kind, ob du mit deinem Aufenthalt in Fongueusemare zufrieden warst? Hast du deine Angelegenheit nun etwas voranbringen können?»

Es galt, die ungeschickte Gutmütigkeit meiner Tante zu ertragen. Doch so schmerzlich es für mich war, Gefühle, die selbst die reinsten und zartesten Worte noch zu vergewaltigen schienen, derart allgemein behandelt zu sehen – dies wurde in einem so einfachen und so herzlichen Ton gesagt, daß es dumm gewesen wäre, sich darüber zu ärgern.

Trotzdem begehrte ich zunächst ein wenig auf: «Haben Sie mir im Frühjahr nicht gesagt, Sie würden eine Verlobung für verfrüht halten?»

«Ja, ich weiß es wohl; zuerst sagt man das», erwiderte sie und nahm eine meiner Hände, die sie pathetisch mit den ihren drückte. «Und dann könnt ihr wegen deines Studiums, deines Militärdienstes noch viele Jahre nicht heiraten, ich weiß wohl… Übrigens kann ich persönlich lange Verlobungszeiten nicht gutheißen; das ermüdet junge Mädchen… Aber es ist manchmal sehr rührend… Außerdem ist es nicht notwendig, die Verlobung offiziell zu machen… man gibt damit nur zu verstehen – oh, ganz diskret! –, daß es nicht mehr nötig ist, für sie zu suchen. Zudem erlaubt es euch, einander zu schreiben, Beziehungen zu unterhalten; und schließlich, wenn sich von selbst irgendeine andere Partie bietet – und das könnte sehr wohl geschehen», bemerkte sie mit einem schlauen Lächeln, «gestattet es, taktvoll zu antworten, daß... man sich nicht mehr zu bemühen braucht. Du weißt, daß man um Juliettes Hand angehalten hat! Sie hat diesen Winter viel Beachtung gefunden. Sie ist noch etwas jung; und das war auch ihre Antwort. Aber der junge Mann will warten... er ist kein ausgesprochen junger Mann mehr... kurz, es ist eine ausgezeichnete Partie; jemand sehr Zuverlässiges. Im übrigen wirst du ihn morgen sehen; er wird zu meiner Weihnachtsfeier kommen. Du wirst mir deinen Eindruck sagen.»

«Ich fürchte, daß er sich umsonst bemüht, liebe Tante, und daß Juliette einen anderen im Kopf hat», sagte ich und strengte mich sehr an, Abel nicht gleich zu erwähnen.

«Hm?» machte meine Tante fragend mit skeptischem Gesicht und wandte den Kopf zur Seite. «Du setzt mich in

Erstaunen! Warum sollte sie mir nichts davon gesagt haben?»

Ich biß mir auf die Lippen, um nicht weiterzureden.

«Ach was! Wir werden es ja sehen... Juliette ist ein wenig leidend in letzter Zeit», fuhr sie fort. «Im übrigen geht es jetzt nicht um sie... Ach, Alissa ist auch sehr liebenswert... Nun, hast du ihr eine Erklärung gemacht oder nicht?»

Obwohl sich alles in mir gegen dieses Wort «Erklärung» sträubte, das mir so unpassend grob erschien, antwortete ich verwirrt: «Ja» – und fühlte, wie mein Gesicht erglühte.

«Und was hat sie gesagt?»

Ich senkte den Kopf; am liebsten hätte ich nicht geantwortet. Noch verwirrter und wie gegen meinen Willen sagte ich: «Sie hat es abgelehnt, sich zu verloben.»

«Nun ja, sie hat recht, die Kleine!» rief meine Tante aus. «Ihr habt noch viel Zeit, weiß Gott...»

«Oh, Tante, lassen wir das», sagte ich in dem vergeblichen Versuch, ihr Einhalt zu gebieten.

«Im übrigen wundert mich das nicht bei ihr; sie schien mir stets vernünftiger als du, deine Cousine.»

Ich weiß nicht, was mich dann ankam; zweifellos war ich erregt durch dieses Verhör, und plötzlich schien mir, als müßte mein Herz zerspringen. Wie ein Kind legte ich den Kopf in den Schoß der guten Tante und rief schluchzend: «Tante, nein, Sie verstehen nicht. Sie hat mich nicht gebeten zu warten...»

«Wie denn! Sie hat dich abgewiesen?» sagte sie in sehr sanftem, mitleidigem Ton und hob mit der Hand meine Stirn.

«Nein... nein, das auch nicht gerade.» Ich schüttelte traurig den Kopf.

«Hast du Angst, daß sie dich nicht mehr liebt?»

«O nein; das ist es nicht, was ich fürchte.»

«Mein armes Kind, wenn du willst, daß ich dich verstehe, mußt du dich ein bißchen deutlicher erklären.»

Ich schämte mich und war untröstlich, daß ich meiner Schwäche nachgegeben hatte. Meine Tante war zweifellos außerstande, die Gründe für meine

Ungewißheit einzuschätzen; doch wenn sich hinter Alissas Ablehnung irgendein bestimmtes Motiv verbarg, würde mir meine Tante vielleicht helfen, es herauszufinden, indem sie sie vorsichtig ausfragte.

Sie kam bald selbst darauf: «Hör zu», sagte sie, «Alissa wird morgen früh kommen, um mit mir den Weihnachtsbaum zu schmücken. Ich werde sehr schnell sehen, was los ist; ich werde es dir beim Mittagessen berichten, und ich bin sicher, du wirst merken, daß es keinen Anlaß zur Beunruhigung gibt.»

Ich ging zum Abendessen zu den Bucolins. Juliette, die sich tatsächlich seit einigen Tagen nicht wohl fühlte, schien mir verändert; ihr Blick hatte einen etwas scheuen und fast harten Ausdruck angenommen, der sie noch mehr als vorher von ihrer Schwester unterschied. Mit keiner von beiden konnte ich an diesem Abend allein sprechen; ich wünschte es auch nicht, und da mein Onkel müde schien, zog ich mich kurze Zeit nach dem Essen zurück.

Der Weihnachtsbaum, den Tante Plantier vorbereitete, vereinte jedes Jahr eine große Zahl Kinder, Verwandte und Freunde. Er stand in einer Halle, die das Treppenhaus bildete und auf welche sich ein erstes Vorzimmer, ein Salon sowie die Glastüren von einer Art Wintergarten öffneten, wo ein Buffet aufgebaut war. Der Baum war noch nicht fertig geputzt, und am Morgen des Festes, dem Tag nach meiner Ankunft, kam Alissa, wie meine Tante es angekündigt hatte, zu recht früher Stunde und half ihr, den Schmuck, die Lichter, die Früchte, die Leckereien und die Spielsachen an die Zweige zu hängen. Ich selbst hätte mich mit großem Vergnügen neben Alissa nützlich gemacht, doch ich mußte meiner Tante Zeit lassen, mit ihr zu sprechen. Ich ging also fort, ohne sie gesehen zu haben, und versuchte den ganzen Morgen, mich von meiner Unruhe abzulenken.

Zunächst begab ich mich, begierig, Juliette wiederzusehen, zu den Bucolins; ich erfuhr, daß Abel mir zuvorgekommen war, und da ich fürchtete, ein entscheidendes Gespräch zu stören, zog ich mich sogleich zurück, dann irrte ich bis zur Mittagessenszeit auf den Quais und in den Straßen umher.

«Dummer Junge!» rief meine Tante aus, als ich zurückkam, «darf man sich denn so das Leben schwermachen! Kein vernünftiges Wort ist an all dem, was du mir erzählt hast... Oh, ich habe nicht lange daran herumgemacht – ich habe Miss Ashburton fortgeschickt, da sie es müde war, uns zu helfen, und sobald ich mit Alissa allein war, habe ich sie ganz einfach gefragt, weshalb sie sich diesen Sommer nicht verlobt hat. Du glaubst vielleicht, daß sie in Verlegenheit geriet...? Sie war nicht einen Augenblick verwirrt und hat mir ganz ruhig geantwortet, daß sie nicht vor ihrer Schwester heiraten wolle. Hättest du sie freiheraus gefragt, hätte sie dir ebenso geantwortet wie mir. Da hat man einen Grund, sich zu quälen, nicht wahr? Siehst du, mein Kind, nichts geht über den Freimut... Arme Alissa, sie hat auch über ihren Vater gesprochen, den sie nicht verlassen könne...! Ach, wir haben viel geredet. Sie ist sehr vernünftig, diese Kleine; sie hat mir auch gesagt, sie sei noch nicht ganz überzeugt davon, diejenige zu sein, die zu dir paßt; sie fürchte, zu alt für dich zu sein, und wünschte dir eher jemanden in Juliettes Alter...»

Meine Tante sprach weiter; aber ich hörte nicht mehr zu. Nur eins war für mich von Bedeutung: Alissa weigerte sich, vor ihrer Schwester zu heiraten... Doch war nicht Abel da? Er hatte also recht, dieser eingebildete Kerl – mit einem Schlag, wie er sagte, würde er unsere beiden Hochzeiten erwirken...

So gut ich konnte, verbarg ich vor meiner Tante die Aufregung, in die mich diese einfache Erkenntnis versetzte. Gleich nach dem Essen verließ ich sie unter einem Vorwand und lief zu Abel.

«Na, was habe ich dir gesagt!» rief er und umarmte mich, als ich ihn an meiner Freude teilhaben ließ. «Mein Lieber, ich kann dir bereits verkünden, daß das Gespräch, das ich heute morgen mit Juliette hatte, beinahe entscheidend gewesen ist, obwohl wir fast nur von dir gesprochen haben. Doch sie schien müde, nervös... Ich fürchtete, sie zu beunruhigen, wenn ich zu weit ginge, und sie aufzuregen, wenn ich zu lange bliebe. Nach dem, was du mir sagst, ist das erledigt! Mein Lieber, ich stürze nach Stock und Hut. Begleite mich bis zur Tür der Bucolins, damit du mich festhalten kannst, wenn ich unterwegs davonfliege: ich fühle mich leichter als Euphorion[8]... Wenn Juliette erfährt, daß ihre Schwester dir nur ihretwegen die Einwilligung verweigert; wenn ich ihr dann sogleich einen Antrag mache... Ach, mein Freund, ich sehe schon meinen Vater, wie er heute abend vor dem Weihnachtsbaum den Herrn preist und weinend vor Glück seine segnende Hand über die vier niederknienden Verlobten hält. Miss Ashburton wird sich in einen Seufzer auflösen, Tante Plantier wird in ihrem Mieder dahinschmelzen, und der brennende Baum wird Gottes Ruhm singen und wie die Berge in der Heiligen Schrift in die Hände klatschen.»[9]

Erst gegen Ende des Tages sollten die Lichter des Weihnachtsbaums angezündet werden und Kinder, Verwandte und

Freunde sich um ihn versammeln. Mü-
ßig, voller Angst und Ungeduld, nachdem ich Abel verlassen hatte, machte ich,
um mich vom Warten abzulenken, einen
langen Marsch über die Felsküste von
Sainte-Adresse, verirrte mich und kam
so spät zu Tante Plantier zurück, daß die
Feier bereits seit einiger Zeit begonnen
hatte.

Schon von der Diele aus gewahrte
ich Alissa; sie schien auf mich zu warten und kam mir sogleich entgegen. Um
den Hals, im Ausschnitt ihres hellen Klei-
des, trug sie ein kleines, altes Amethystkreuz, das ich ihr zur Erinnerung an
meine Mutter geschenkt, jedoch noch
nicht an ihr gesehen hatte. Sie wirkte
abgespannt, und der schmerzliche Ausdruck, der in ihrem Gesicht war, tat mir
weh.

«Warum kommst du so spät?» sagte
sie mit bedrückter, hastiger Stimme. «Ich
hätte gern mit dir gesprochen.»

«Ich habe mich auf der Felsküste
verirrt... Aber dir geht es nicht gut...
O Alissa, was hast du?»

Einen Augenblick stand sie wie sprachlos, mit zitternden Lippen vor mir; eine solche Angst ergriff mich, daß ich nicht wagte, sie auszufragen. Sie legte mir die Hand an den Hals, wie um mein Gesicht an sich zu ziehen. Ich sah, daß sie sprechen wollte. Doch in diesem Augenblick traten Gäste herein; ihre Hand fiel entmutigt herab…

«Es ist keine Zeit mehr», murmelte sie. Dann, da sie sah, wie meine Augen sich mit Tränen füllten, antwortete sie auf meinen fragenden Blick, als hätte diese lächerliche Erklärung ausreichen können, um mich zu beruhigen: «Nein… sei unbesorgt: ich habe nur Kopfschmerzen; diese Kinder machen einen solchen Lärm… ich mußte hierher flüchten… Jetzt wird es Zeit, daß ich wieder zu ihnen zurückkehre.»

Sie verließ mich jäh. Leute traten ein, die mich von ihr trennten. Ich dachte, sie im Salon wiederzutreffen; ich bemerkte sie am anderen Ende des Zimmers, umringt von einer Schar Kinder, deren Spiele sie leitete. Ich erkannte zwischen ihr und mir verschiedene Personen, in deren Nähe ich mich nicht hätte wagen können, ohne daß ich Gefahr lief, aufge-halten zu werden. Höflichkeiten, Kon-versation, dazu fühlte ich mich nicht in der Lage; vielleicht, wenn ich an der Wand entlangschlich … Ich versuchte es.

Als ich an der großen Glastür zum Garten vorbeikam, spürte ich, wie ich am Arm gefaßt wurde. Juliette war da, halb versteckt in der Türöffnung, vom Vorhang umhüllt.

«Gehen wir in den Wintergarten», sagte sie hastig. «Ich muß mit dir reden. Geh du auf deiner Seite; ich treffe dich gleich dort.» Dann öffnete sie einen Augenblick die Tür und verschwand im Garten.

Was war geschehen? Ich hätte gern Abel gesehen. Was hatte er gesagt? Was hatte er getan? Ich ging in die Diele zurück und erreichte das Gewächshaus, wo Juliette mich erwartete.

Ihr Gesicht glühte; die gerunzelte Stirn gab ihrem Blick einen harten und schmerzlichen Ausdruck; ihre Augen glänzten, als hätte sie Fieber gehabt; die Stimme selbst schien spröde und ver-krampft. Sie war in wütender Erregung.

Trotz meiner Unruhe war ich erstaunt, fast peinlich berührt von ihrer Schönheit. Wir waren allein.

«Hat Alissa mit dir gesprochen?» fragte sie mich sogleich.

«Kaum zwei Worte: ich bin sehr spät zurückgekommen.»

«Weißt du, daß sie will, daß ich vor ihr heirate?»

«Ja.»

Sie sah mich unverwandt an. «Und weißt du, wen ich heiraten soll?»

Ich antwortete nicht.

«Dich!» schrie sie heraus.

«Das ist doch Wahnsinn!»

«Nicht wahr!» In ihrer Stimme waren zugleich Verzweiflung und Triumph. Sie richtete sich auf oder warf sich vielmehr nach hinten...

«Jetzt weiß ich, was mir zu tun bleibt», fügte sie dunkel hinzu und öffnete die Tür zum Garten, die sie heftig hinter sich zuschlug.

In meinem Kopf und in meinem Herzen wankte alles. Ich fühlte das Blut in den Schläfen pochen. In meiner Bestürzung hatte ich nur noch einen Gedanken: Abel zu finden; er könnte mir vielleicht die sonderbaren Worte der beiden Schwestern erklären... Doch ich wagte nicht, in den Salon zurückzukehren, wo ich dachte, daß jeder meine Verwirrung sehen würde. Ich ging hinaus. Die eisige Luft des Gartens beruhigte mich; ich blieb einige Zeit dort. Der Abend sank herab, und der Meeresnebel hüllte die Stadt ein; die Bäume waren ohne Laub, Erde und Himmel schienen unendlich trostlos... Gesang erhob sich; zweifellos der Chor der um den Weihnachtsbaum versammelten Kinder. Ich betrat wieder die Diele. Die Türen zum Salon und zum Vorzimmer standen offen; ich bemerkte im nun verlassenen Salon, schlecht verborgen hinter dem Flügel, meine Tante, die mit Juliette sprach. Im Vorzimmer drängten sich die Gäste um den festlich geschmückten Baum. Die Kinder hatten ihr Lied beendet; es entstand eine Stille, und Pastor Vautier begann vor dem Baum eine Art Predigt. Er versäumte keine Gelegenheit, «den guten Samen zu säen», wie er es nannte.

Die Lichter und die Wärme störten mich; ich wollte wieder hinaus. An der Tür sah ich Abel; sicher stand er schon einige Zeit dort. Er sah mich feindselig an und zuckte mit den Schultern, als unsere Blicke sich trafen. Ich ging zu ihm.

«Dummkopf!» sagte er halblaut; dann plötzlich: «Ach, komm! Gehen wir hinaus; ich habe die schönen Worte gründlich satt!» Und als wir draußen waren, sagte er wieder: «Dummkopf!», da ich ihn angstvoll und wortlos ansah. «Sie liebt doch dich, du Dummkopf! Konntest du mir das nicht sagen?»

Ich war niedergeschmettert. Ich weigerte mich zu verstehen.

«Nein, nicht wahr, du konntest es nicht einmal selber merken!»

Er hatte meinen Arm gepackt und schüttelte mich wütend. Seine Stimme wurde zwischen den zusammengebissenen Zähnen bebend und zischend.

«Abel, ich flehe dich an», sagte ich nach einem Augenblick des Schweigens mit ebenfalls bebender Stimme, während er mich mit großen Schritten weiterzog. «Versuche, mir zu erzählen, was geschehen ist, anstatt dich so zu ereifern. Ich weiß von nichts.»

Im Schein einer Straßenlaterne hielt er mich plötzlich an und starrte mir ins Gesicht; dann zog er mich heftig an sich, legte den Kopf an meine Schulter und murmelte mit einem Schluchzen: «Verzeih! Ich bin dumm, auch ich habe nicht klarer sehen können als du, mein armer Bruder.»

Die Tränen schienen ihn ein wenig zu beruhigen; er hob wieder den Kopf, fing wieder an zu gehen und sprach weiter: «Was geschehen ist…? Was nützt es jetzt noch, darauf zurückzukommen…? Ich hatte morgens mit Juliette gesprochen, ich sagte es dir schon. Sie war außerordentlich schön und lebhaft; ich glaubte, es wäre meinetwegen; es war einfach, weil wir über dich sprachen.»

«Und da hast du es noch nicht gemerkt…?»

«Nein, nicht so recht; doch jetzt klären mich die kleinsten Anzeichen auf…»

«Bist du sicher, daß du dich nicht täuschst?»

«Mich täuschen! Man muß blind sein,

mein Lieber, um nicht zu sehen, daß sie dich liebt.»

«Und Alissa…»

«Und Alissa opfert sich. Sie war hinter das Geheimnis ihrer Schwester gekommen und wollte ihr den Platz überlassen. Nun, alter Junge, das ist doch nicht so schwer zu verstehen… Ich wollte noch einmal mit Juliette sprechen; bei den ersten Worten, die ich sagte, oder vielmehr, sobald sie anfing, mich zu verstehen, erhob sie sich vom Sofa, auf dem wir saßen, und wiederholte mehrmals: ‹Ich war mir sicher›, im Ton eines Menschen, der sich keineswegs sicher war…»

«Ach, mach doch keine Scherze!»

«Warum? Ich finde das ulkig, diese Geschichte… Sie stürzte ins Zimmer ihrer Schwester. Ich hörte erregte Stimmen, die mich erschreckten. Ich hoffte, Juliette noch einmal zu sehen, doch einen Augenblick später kam Alissa heraus. Sie hatte den Hut auf, schien verlegen, als sie mich sah, sagte rasch, im Vorbeigehen, guten Tag… Das ist alles.»

«Du hast Juliette dann nicht mehr gesehen?»

Abel zögerte ein wenig. «Doch... Nachdem Alissa fort war, stieß ich die Tür des Zimmers auf. Juliette war da, reglos, vor dem Kamin, die Ellbogen auf dem Marmorsims, das Kinn in die Hände gestützt; sie betrachtete sich unverwandt im Spiegel. Als sie mich hörte, drehte sie sich gar nicht um, sondern stampfte mit dem Fuß auf und schrie: ‹Ach, lassen Sie mich!›, in so hartem Ton, daß ich, ohne noch etwas zu fragen, hinausging. Das war alles.»

«Und jetzt?»

«Ah, es hat gutgetan, mit dir zu sprechen... Und jetzt? Nun ja, du wirst versuchen, Juliette von ihrer Liebe zu heilen, denn wenn ich mich nicht sehr in Alissa täusche, wird sie nicht vorher zu dir zurückkommen.»

Wir gingen ziemlich lange schweigend.

«Kehren wir um!» sagte er schließlich. «Die Gäste sind jetzt fortgegangen. Ich fürchte, daß mein Vater schon auf mich wartet.»

Wir gingen hinein. Der Salon war wirklich leer; im Vorzimmer saßen neben dem geplünderten Baum, an dem fast alle Kerzen erloschen waren, nur noch meine Tante und zwei ihrer Kinder, Onkel Bucolin, Miss Ashburton, der Pastor, meine Cousinen und eine ziemlich lächerliche Person, die ich lange mit meiner Tante hatte reden sehen, die ich aber erst in diesem Augenblick als den Freier erkannte, von dem Juliette mir erzählt hatte. Er war größer, stärker, von gesünderer Farbe als jeder von uns, fast kahlköpfig, von anderem Stand, anderem Milieu, anderer Art, und schien sich unter uns fremd zu fühlen; nervös zupfte und zwirbelte er den graumelierten Unterlippenbart unter seinem gewaltigen Schnauz. Die Diele, deren Türen offenstanden, war nicht mehr erleuchtet; wir waren beide geräuschlos eingetreten, und niemand bemerkte unsere Anwesenheit. Eine schreckliche Ahnung befiel mich.

«Halt!» sagte Abel und faßte mich am Arm.

Wir sahen, wie der Unbekannte sich

Juliette näherte und ihre Hand nahm, die sie ihm widerstandslos überließ, ohne ihm den Blick zuzuwenden. In meinem Herzen wurde es finstere Nacht.

«Abel, was geht denn hier vor?» murmelte ich, als würde ich noch nicht begreifen oder in der Hoffnung, nicht zu begreifen.

«Wahrhaftig, die Kleine geht noch weiter», zischte er. «Sie will nicht hinter ihrer Schwester zurückstehen. Die Engel klatschen bestimmt Beifall da oben!»

Mein Onkel küßte Juliette, während Miss Ashburton und meine Tante um sie herum standen. Pastor Vautier trat hinzu... Ich machte einen Schritt vorwärts.

Alissa bemerkte mich, lief zu mir und sagte zitternd: «Jérôme, das geht doch nicht. Sie liebt ihn doch nicht! Sie hat es mir doch noch heute morgen gesagt. Versuch es zu verhindern, Jérôme! Oh, was soll aus ihr werden...?»

In verzweifeltem Flehen hängte sie sich an meine Schulter; ich hätte mein Leben dafür hingegeben, ihre Angst zu mildern.

Plötzlich ein Schrei vom Baum her;

verworrene Bewegung…Wir laufen hinzu, Juliette ist bewußtlos in die Arme
meiner Tante gesunken. Alles eilt herbei,
beugt sich über sie, und ich kann sie
kaum sehen; das aufgelöste Haar scheint
ihr entsetzlich bleiches Gesicht nach hinten zu ziehen. Nach den Zuckungen
ihres Körpers zu schließen, war das keine gewöhnliche Ohnmacht.

    «Nicht doch! Nicht doch», sagt meine
Tante mit lauter Stimme, um Onkel
Bucolin zu beruhigen, der die Fassung
verliert und den Pastor Vautier bereits
mit zum Himmel erhobenem Zeige-
finger tröstet, «nicht doch! Es ist nichts.
Das ist die Aufregung; eine simple
Nervenkrise. Monsieur Teissières, helfen
Sie mir, Sie sind doch stark. Wir bringen
sie hinauf in mein Zimmer; auf mein
Bett… auf mein Bett…» Dann beugt sie
sich zu ihrem ältesten Sohn, flüstert ihm
etwas ins Ohr, und ich sehe, wie er sogleich weggeht, bestimmt, um einen
Arzt zu holen.

    Meine Tante und der Freier halten
Juliette, die halb in ihren Armen liegt,
unter den Achseln. Alissa hebt die Füße

ihrer Schwester hoch und küßt sie zärtlich. Abel stützt den Kopf, der sonst nach
hinten fallen würde – und ich sehe, wie
er gekrümmt das herabhängende Haar,
das er zusammenhält, mit Küssen bedeckt.

Ich bleibe vor der Tür des Zimmers
stehen.

Man legt Juliette auf das Bett; Alissa
sagt einige Worte zu Monsieur Teissières
und zu Abel, die ich nicht verstehe; sie
geleitet sie bis zur Tür, bittet uns, ihre
Schwester, bei der sie mit Tante Plantier
bleiben will, ruhen zu lassen...

Abel faßt mich am Arm und zieht
mich hinaus in die Nacht, und wir gehen
lange, ohne Ziel, mutlos und ohne Gedanken.

V

Ich fand keinen anderen Sinn im Leben
als meine Liebe, ich klammerte mich an
sie, erwartete nichts und wollte nichts
erwarten, was mir nicht von meiner
Freundin käme.

Als ich mich am nächsten Tag an-
schickte, sie zu besuchen, hielt meine
Tante mich zurück und reichte mir diesen Brief, den sie soeben erhalten hatte:

*… Die große Erregtheit Juliettes hat erst gegen
Morgen mit der vom Arzt verschriebenen Arz-
nei nachgelassen. Ich flehe Jérôme an, einige
Tage nicht zu kommen. Juliette könnte seine
Schritte oder seine Stimme erkennen, und sie
benötigt äußerste Ruhe…*

*Ich fürchte, daß Juliettes Zustand mich hier
festhält. Wenn es mir nicht gelingt, Jérôme vor
seiner Abreise zu empfangen, so sage ihm, liebe
Tante, daß ich ihm schreiben werde…*

Die Anweisung galt nur mir. Meiner
Tante, jedem anderen stand es frei, bei

den Bucolins zu läuten; und meine Tante beabsichtigte, noch am selben Morgen hinzugehen. Der Lärm, den ich machen könnte? Welch ein dürftiger Vorwand... Einerlei!

«Es ist gut – ich werde nicht hingehen.»

Es kostete mich viel, Alissa nicht sofort wiederzusehen; doch ich fürchtete dieses Wiedersehen auch. Ich fürchtete, sie könnte mich für den Zustand ihrer Schwester verantwortlich machen, und ertrug es leichter, sie gar nicht zu sehen, als sie ungehalten zu sehen.

Zum mindesten aber wollte ich Abel treffen.

An seiner Tür überreichte mir das Dienstmädchen eine Mitteilung:

Ich hinterlasse diese Zeilen, damit Du Dich nicht beunruhigst. In Le Havre zu bleiben, so nah bei Juliette, war mir unerträglich. Ich habe mich gestern abend, fast sofort nachdem ich Dich verlassen hatte, nach Southampton eingeschifft. Ich werde den Rest der Ferien in London bei S. verbringen. Wir sehen uns in der Schule wieder.

Aller menschliche Beistand wurde mir mit einem Mal entzogen. Ich verlängerte diesen Aufenthalt, der nur Schmerzliches für mich bereithielt, nicht weiter und kehrte noch vor dem Beginn der Schule nach Paris zurück. Ich wandte meine Blicke Gott zu, Ihm, «von dem jeder wahre Trost kommt, jede Gnade und jedes vollkommene Geschenk[10]». Ihm brachte ich mein Leid dar. Ich dachte, daß auch Alissa bei Ihm Zuflucht suchen werde, und der Gedanke, daß sie betete, ermutigte, steigerte mein Gebet.

Eine lange Zeit der Meditation und des Studiums verging, ohne andere Ereignisse als Alissas Briefe und die, die ich ihr schrieb. Ich habe alle ihre Briefe aufbewahrt; meine Erinnerungen, die sich von nun an verwirren, finden dort Anhaltspunkte...

Durch meine Tante – und zunächst nur durch sie – erhielt ich Nachricht aus Le Havre; von ihr erfuhr ich, zu welchen Sorgen Juliettes betrüblicher Zustand in den ersten Tagen Anlaß gegeben hatte. Zwölf Tage nach meiner Abreise erhielt ich endlich diese Zeilen von Alissa:

Verzeih mir, mein lieber Jérôme, daß ich Dir nicht früher geschrieben habe. Der Zustand unserer armen Juliette ließ mir keine Zeit dazu. Seit Deiner Abreise habe ich sie fast nie verlassen. Ich hatte meine Tante gebeten, Dir Nachricht von uns zu geben, und ich denke, sie wird es getan haben. Du weißt also, daß es Juliette seit drei Tagen bessergeht. Ich danke bereits Gott, wage aber noch nicht, mich zu freuen.

Robert, von dem ich bisher noch kaum gesprochen habe, hatte mir ebenfalls Nachrichten von seinen Schwestern über-bringen können, als er einige Tage nach mir in Paris eintraf. Ihretwegen befaßte ich mich mehr mit ihm, als es der natür-lichen Neigung meines Wesens entspro-chen hätte; jedesmal, wenn ihn die Land-wirtschaftsschule, in die er eingetreten war, freigab, kümmerte ich mich um ihn und ließ mir etwas einfallen, um ihn zu zerstreuen.

Durch ihn hatte ich erfahren, was ich weder Alissa noch meine Tante zu fragen wagte: Édouard Teissières war unermüdlich gekommen, um sich nach

Juliette zu erkundigen; doch als Robert Le Havre verließ, hatte sie ihn noch nicht wiedergesehen. Ich erfuhr auch, daß Juliette seit meiner Abreise ihrer Schwester gegenüber ein hartnäckiges Schweigen bewahrte, das nichts hatte brechen können.

Kurz darauf erfuhr ich dann von meiner Tante, daß Juliette selbst darum gebeten hatte, ihre Verlobung, die Alissa, wie ich ahnte, gleich wieder aufgelöst zu sehen hoffte, möge so bald wie möglich offiziell gemacht werden. Diese Entschlossenheit, an der Ratschläge, Befehle, flehentliche Bitten abprallten, war wie eine Barrikade vor ihrer Stirn, eine Binde vor ihren Augen und errichtete eine Mauer des Schweigens um sie...

Die Zeit verging. Von Alissa erhielt ich nur die enttäuschendsten Briefchen, und ich wußte im übrigen nicht, was ich ihr schreiben sollte. Der dicke Winternebel hüllte mich ein; meine Studierlampe und die ganze Glut meiner Liebe und meines Glaubens hielten Nacht und Kälte leider nur schlecht von meinem Herzen fern. Die Zeit verging.

Dann, an einem plötzlichen Frühlingsmorgen, ein Brief Alissas an meine Tante – die zu diesem Zeitpunkt nicht in Le Havre war und mir den Brief übermittelte –, aus dem ich abschreibe, was diese Geschichte erhellen kann:

... Bewundere meine Folgsamkeit. Wie Du es mir auftrugst, habe ich Monsieur Teissières empfangen; ich habe mich lange mit ihm unterhalten. Ich muß zugeben, daß er sich tadellos verhalten hat, und ich möchte fast glauben, ich gestehe es, daß diese Ehe nicht so unglücklich werden muß, wie ich zunächst befürchtete. Gewiß liebt Juliette ihn nicht; er jedoch erscheint mir von Woche zu Woche weniger der Liebe unwürdig. Er spricht mit Scharfblick über die Situation und täuscht sich nicht im Wesen meiner Schwester; doch er hat großes Vertrauen in die Wirkungskraft seiner Liebe und ist überzeugt, daß es nichts gibt, was seine Beständigkeit nicht besiegen könnte. Das zeigt Dir, daß er sehr verliebt ist.

Ich bin wirklich zutiefst gerührt darüber, daß Jérôme sich so um meinen Bruder kümmert. Ich denke, er tut das nur aus Pflichtgefühl, denn Roberts Wesen hat wenig mit dem seinen gemein – und vielleicht auch, um mir zu gefallen –, doch sicherlich hat er auch schon erkannt, daß die Aufgabe, die wir übernehmen, die Seele um so mehr erzieht und erhebt, je schwieriger sie ist. Das sind recht erhabene Überlegungen! Lächle nicht allzusehr über Deine große Nichte, denn es sind diese Gedanken, die mir Kraft geben und die mir helfen, wenn ich versuche, Juliettes Heirat als etwas Gutes zu sehen…

Welche Wohltat ist mir Deine herzliche Fürsorge, liebe Tante! Aber glaube nicht, daß ich unglücklich bin; ich kann fast sagen: im Gegenteil – denn die Prüfung, die Juliette durchstehen mußte, hat ihre Rückwirkungen auf mich gehabt. Plötzlich hat sich mir dieses Wort der Schrift erschlossen, das ich wiederholte, ohne es so recht zu verstehen: «Wehe dem Menschen, der auf den Menschen vertraut.» [11] Lange bevor ich das Wort in meiner Bibel fand, hatte ich es auf einer kleinen Weihnachtskarte gelesen, die Jérôme mir geschickt hat, als er noch nicht zwölf und ich gerade vierzehn geworden war. Auf dieser Karte standen neben einem Blumenstrauß, den wir damals sehr schön fanden, diese Zeilen aus einem Text Corneilles:

Welch ein Zauber hat heut mich
                          getroffen
Und erhebt mich sieghaft zu Gott?
Der Mensch, der sein Glauben
                          und Hoffen
Auf Menschen setzt, wird zum Spott.[12]

denen ich, wie ich gestehe, den einfachen Vers aus Jeremias bei weitem vorziehe. Jérôme hatte die Karte damals sicherlich ausgesucht, ohne dem Vers große Beachtung zu schenken. Doch nach seinen Briefen zu urteilen, sind seine Neigungen heute den meinen ziemlich ähnlich, und ich danke Gott jeden Tag, daß Er uns beide zugleich näher zu Sich hingeführt hat.

Ich erinnere mich an unser Gespräch und schreibe ihm nicht mehr so ausführlich wie in der Vergangenheit, um ihn nicht bei seiner Arbeit zu stören. Du wirst zweifellos finden, daß ich mich schadlos halte, indem ich um so mehr über ihn spreche. Aus Angst, es noch länger zu tun, schließe ich rasch meinen Brief; für diesmal schelte mich nicht allzu sehr.

Welche Überlegungen löste dieser Brief in mir aus! Ich verwünschte die indiskrete Einmischung meiner Tante (was

war das für ein Gespräch, auf das Alissa anspielte und dem ich ihr Schweigen verdankte?), die ungeschickte Be-
mühtheit, die sie dazu trieb, mir dies
zukommen zu lassen. Wenn ich schon
Alissas Schweigen schlecht ertrug, ach,
war es dann nicht tausendmal besser, ich
wußte auch nicht, daß sie das, was sie
mir nicht mehr sagte, jemand anderem
schrieb! Alles ärgerte mich hier: sowohl
zu hören, wie sie so leichthin meiner
Tante unsere kleinen Geheimnisse erzählte, als auch der natürliche Ton, die
Ruhe, der Ernst, die Unbeschwertheit...

«Aber nein, mein armer Freund!
Nichts ärgert dich an diesem Brief, außer
zu wissen, daß er nicht an dich gerichtet
ist», sagte Abel, mein täglicher Gefähr-
te, Abel, mit dem allein ich sprechen
konnte und zu dem ich mich in meiner
Einsamkeit immer wieder hingezogen
fühlte, aus Schwäche, wehleidigem Bedürfnis nach Zuneigung, Mißtrauen gegen mich selbst und, in meiner Verwirrung, aus Achtung vor seinem Rat,
trotz der Verschiedenheit unserer Natu-
ren, oder vielmehr wegen ihr...

«Sehen wir uns dieses Schreiben genau an», sagte er und breitete den Brief auf seinem Schreibtisch aus.

Drei Nächte waren bereits über meinem Mißmut vergangen, den ich vier Tage für mich behalten hatte! Ich kam nahezu zwangsläufig zu dem gleichen Schluß wie mein Freund: «Die Partie Juliette–Teissières überlassen wir dem Feuer der Liebe, nicht wahr? Wir wissen, was diese Flamme wert ist. Wahrhaftig! Teissières scheint mir genau der Falter zu sein, der sich daran verbrennen muß...»

«Lassen wir das», sagte ich, ärgerlich über seine Scherze. «Kommen wir zum übrigen.»

«Das übrige?» meinte er. «Alles übrige ist für dich. Beklage du dich nur! Keine Zeile, kein Wort, die nicht erfüllt wären von Gedanken an dich. Der ganze Brief ist gewissermaßen an dich gerichtet; Tante Félicie hat, indem sie ihn dir schickte, nichts anderes getan, als ihn dem wahren Adressaten zukommen zu lassen. Als Ersatz für dich wendet sich Alissa an diese brave Frau, als erstbesten Notbehelf; was soll denn deine Tante mit Corneilles Versen – die, nur nebenbei, von Racine stammen – anfangen! Du bist es, mit dem sie redet, sage ich dir; du bist es, dem sie all das sagt. Ein Tropf bist du, wenn deine Cousine dir nicht, noch bevor vierzehn Tage um sind, genauso ausführlich, unbefangen, angenehm schreibt…»

«Sie macht keine Anstalten.»

«Es hängt nur von dir ab, ob sie welche macht! Willst du meinen Rat? – Verliere für… lange Zeit kein Wort mehr über eure Liebe oder eure Hochzeit; siehst du nicht, daß sie seit der Krise ihrer Schwester gerade das übelnimmt? Schlage die brüderliche Saite an und erzähle ihr unaufhörlich von Robert – da du ja die Geduld aufbringst, dich mit diesem Esel abzugeben. Unterhalte einfach weiterhin ihren Geist; alles übrige ergibt sich. Ach, wenn ich ihr schreiben sollte!»

«Du wärst es nicht wert, sie zu lieben.»

Nichtsdestoweniger befolgte ich Abels Rat. Und tatsächlich begannen Alissas Briefe bald lebhafter zu werden; doch ich konnte von ihrer Seite keine wahre Freude erhoffen und keine rückhaltlose Hingabe, bevor nicht Juliettes Situation, wenn nicht ihr Glück, gesichert war.

Die Nachrichten, die mir Alissa von ihrer Schwester gab, wurden mittlerweile besser. Die Hochzeit sollte im Juli stattfinden. Alissa schrieb mir, sie denke, zu diesem Zeitpunkt wären Abel und ich wohl von unseren Studien in Anspruch genommen... Ich begriff, daß sie es für ratsamer hielt, wenn wir nicht zu der Feier erschienen, und so begnügten wir uns unter dem Vorwand irgendeines Examens damit, unsre Glückwünsche zu senden.

Ungefähr vierzehn Tage nach der Hochzeit schrieb mir Alissa:

Mein lieber Jérôme!

Denke Dir meine Verblüffung, als ich gestern aufs Geratewohl den hübschen Racine aufschlage, den Du mir geschenkt hast, und darin die vier Verse Deiner alten Weihnachtskarte finde, die ich seit bald zehn Jahren in meiner Bibel aufbewahre.

Welch ein Zauber hat heut mich
                              getroffen
Und erhebt mich sieghaft zu Gott?
Der Mensch, der sein Glauben
                          und Hoffen
Auf Menschen setzt, wird zum Spott.

Ich glaubte, sie entstammten einem Text Corneilles, und ich gestehe, daß ich sie nicht so wunderbar fand. Doch ich lese im vierten «Geistlichen Gesang» weiter und stoße auf derart schöne Strophen, daß ich nicht umhin kann, sie Dir abzuschreiben. Zweifellos kennst Du sie schon, nach den indiskreten Initialen zu schließen, die Du am Rand angebracht hast. (Ich hatte es mir tatsächlich zur Gewohnheit gemacht, meine und Alissas Bücher mit dem Anfangsbuchstaben ihres Namens zu übersäen und so alle Stellen zu kennzeichnen, die ich liebte und mit denen ich sie bekannt machen wollte.) *Einerlei, ich schreibe sie zu meinem Vergnügen ab. Zuerst war ich ein wenig gekränkt, als ich sah, daß Du mir schenktest, was ich zu entdecken geglaubt hatte, dann wich dieses häßliche Gefühl der Freude zu denken, daß Du sie ebenso liebst wie ich. Indem ich sie*

abschreibe, scheint es mir, als würde ich sie mit
Dir wiederlesen.

> *Aus der ewigen Weisheit Munde*
> *Belehrt uns ein Donnerton:*
> *«Ihr Menschen», so lautet die Kunde,*
> *«Was bringt eure Müh' euch für Lohn?*
> *Ach, sagt doch: Durch welches Verfehlen*
> *Erkauft ihr so oft, eitle Seelen,*
> *Mit dem reinsten Blut, das euch kreist,*
> *Einen nichtigen, flüchtigen Schatten,*
> *Der euch hungern läßt und ermatten?*
> *Warum nicht ein Brot, das euch speist?*
>
> *Das Brot, das i c h euch empfehle,*
> *Das dient den Engeln als Kost.*
> *Gott selbst erschafft es vom Mehle*
> *Des edelsten Korns, das ihm sproßt.*
> *Dies Brot gibt wahres Erlaben;*
> *Doch mag's auf dem Tische nicht haben*
> *Die Welt, der ihr euch ergebt.*
> *Dem biet' ich's, der mir sich ergeben:*
> *Kommt näher! Sagt an: Wollt ihr leben?*
> *So nehmet und esset und lebt!»*
>
> *Die Seele, glückselig gefangen,*
> *Dir dienend den Frieden gewinnt,*
> *Hat das Wasser des Lebens empfangen*

Aus der Quelle, die nimmer verrinnt.
An ihr kann ein jeder sich tränken:
Der ganzen Welt will sie schenken;
Doch wir lassen von Eitlem uns ziehn,
Halten schlammige Fluten für besser
Oder trügerische Gewässer,
Die, wenn man sie trinken will,
fliehn.[13]

Ist das schön! Jérôme, ist das schön! Findest Du das wirklich ebenso schön wie ich? In einer kleinen Anmerkung meiner Ausgabe heißt es, daß Madame de Maintenon[14], als sie Mademoiselle d'Aumale dieses Lied singen hörte, voller Bewunderung schien, «einige Tränen vergoß» und sie einen Teil wiederholen ließ. Ich kann es jetzt auswendig und werde nicht müde, es immer wieder zu rezitieren. Das einzig Traurige dabei ist, daß ich es nicht von Dir vorgelesen hörte.

Die Nachrichten von unseren Reisenden sind weiterhin sehr gut. Du weißt bereits, wie sehr Juliette Bayonne und Biarritz genossen hat, trotz der entsetzlichen Hitze. Seither haben sie Fontarabie besichtigt, sich in Burgos aufgehalten, zweimal die Pyrenäen überquert... Nun schreibt sie mir einen begeisterten Brief aus Monserrat. Sie gedenken, noch zehn Tage in Barcelona zu verweilen, bevor sie wieder in Nîmes eintreffen, wohin Édouard vor September zurückkehren will, um alles für die Weinlese vorzubereiten.

Seit einer Woche sind Vater und ich in Fongueusemare, wohin morgen Miss Ashburton nachkommen soll und in vier Tagen Robert. Du weißt, daß der arme Junge bei seinem Examen durchgefallen ist; nicht daß es schwierig gewesen wäre, doch der Prüfer hat ihm dermaßen verschrobene Fragen gestellt, daß er in Verwirrung geriet. Ich kann gar nicht glauben, daß Robert nicht vorbereitet war, nach dem, was Du mir über seinen Fleiß geschrieben hast, doch dieser Prüfer macht sich anscheinend einen Spaß daraus, die Schüler derart aus der Fassung zu bringen.

Was Deine Erfolge angeht, lieber Freund, so kann ich kaum sagen, daß ich Dich dazu beglückwünsche, so selbstverständlich erscheinen sie mir. Ich habe so großes Vertrauen in Dich, Jérôme! Sobald ich an Dich denke, füllt sich mein Herz mit Hoffnung. Wirst Du nun mit der Arbeit beginnen können, von der Du mir erzählt hattest?...

... Im Garten hat sich hier nichts verändert; aber das Haus wirkt sehr leer! Du wirst verstanden haben, nicht wahr, warum ich Dich bat, dieses Jahr nicht zu kommen. Ich fühle, daß das besser ist; ich sage es mir jeden Tag, denn es fällt mir schwer, Dich so lange nicht zu sehen... Manchmal suche ich Dich unwillkürlich; ich unterbreche meine Lektüre, ich wende plötzlich den Kopf... mir scheint, Du bist da!

Ich nehme meinen Brief wieder auf. Es ist Nacht; alles schläft. Ich schreibe Dir noch, vor dem offenen Fenster; der Garten schwelgt in Düften; die Luft ist warm. Erinnerst Du dich an die Zeit, als wir Kinder waren? Wenn wir etwas sehr Schönes sahen oder hörten, dachten wir: «Danke, mein Gott, daß Du es erschaffen hast...» Heute nacht dachte ich mit ganzer Seele: «Danke, mein Gott, daß Du diese Nacht so schön gemacht hast!» Und plötzlich habe ich Dich hierher gewünscht, Dich hier, neben mir, gespürt mit einer solchen Heftigkeit, daß Du es vielleicht gefühlt hast.

Ja, Du sagtest es schon in Deinem Brief: Bewunderung wird bei «edlen Seelen» zu Dankbarkeit... Wie vieles möchte ich Dir noch schreiben! – Ich denke an dieses strah-

*lende Land, von dem Juliette spricht. Ich denke
an andere, größere, noch strahlendere, unbe-
wohntere Länder. In mir ist eine sonderbare
Zuversicht, daß wir, ich weiß nicht, wie, eines
Tages zusammen irgendein großes, geheimnis-
volles Land sehen werden …*

Man kann sich leicht vorstellen, in welchem Freudentaumel ich diesen Brief las
und mit welchem Schluchzen der Liebe.
Weitere Briefe folgten. Gewiß, Alissa
dankte mir, daß ich nicht nach Fongueusemare kam, gewiß, sie hatte mich
angefleht, ich möge nicht versuchen, sie
dieses Jahr wiederzusehen, aber sie be-
dauerte meine Abwesenheit, sie wünschte mich jetzt herbei; auf jeder Seite
ertönte der gleiche Ruf. Woher nahm
ich die Kraft zu widerstehen? Vermutlich aus den Ratschlägen Abels, aus
der Furcht, meine Freude plötzlich zu-
nichte zu machen, und aus einer natür-
lichen Härte gegen den Drang meines
Herzens.

Ich schreibe aus den Briefen, die folgten, alles ab, was für diesen Bericht von
Bedeutung sein kann.

Lieber Jérôme!

Ich vergehe vor Freude, wenn ich Deine Briefe lese. Ich wollte gerade Deinen Brief aus Orvieto beantworten, als gleichzeitig der aus Perugia und der aus Assisi angekommen sind. Meine Gedanken gehen auf die Reise; nur mein Körper tut so, als wäre er hier. In Wirklichkeit bin ich mit Dir auf den weißen Straßen Umbriens; morgens breche ich mit Dir auf, sehe mit ganz neuen Augen das Morgenrot ... Riefst Du mich wirklich auf der Terrasse in Cortona? Ich habe Dich gehört... Wir waren schrecklich durstig in den Bergen über Assisi, aber wie gut schmeckte mir das Glas Wasser des Franziskaners! O mein Freund, ich betrachte alles durch Dich. Wie sehr gefällt mir, was Du mir über den heiligen Franziskus schreibst! Ja, nicht wahr, was wir suchen müssen, ist eine Erhöhung und nicht eine Befreiung des Denkens. Diese gibt es nicht ohne abscheulichen Hochmut. Den Ehrgeiz nicht dareinsetzen, sich aufzulehnen, sondern zu dienen...

... Die Nachrichten aus Nîmes sind so gut, daß es mir vorkommt, als erlaube Gott, daß ich mich der Freude hingebe. Der einzige Schatten in diesem Sommer ist der Zustand meines armen Vaters; trotz meiner Fürsorge ist er trau-

rig, oder er versinkt vielmehr wieder in Traurigkeit, sobald ich ihn sich selbst überlasse, und
es wird immer schwieriger, ihn daraus zu be-
freien. Die ganze Wonne der Natur um uns
spricht eine Sprache, die ihm fremd wird; er
bemüht sich nicht einmal mehr, sie zu verstehen. – Miss Ashburton geht es gut. Ich lese beiden Deine Briefe vor. Jeder gibt uns für drei
Tage Gesprächsstoff; dann kommt ein neuer
Brief…

… Vorgestern hat uns Robert verlassen; er
wird das Ende der Ferien bei seinem Freund R.
verbringen, dessen Vater ein Mustergut leitet.
Das Leben, das wir hier führen, ist für ihn bestimmt nicht sehr lustig. Als er von Abreise
sprach, konnte ich ihn in seinem Plan nur
ermutigen…

… Ich habe Dir so viel zu sagen; mich dürstet nach so unerschöpflichem Reden! Manchmal finde ich keine Worte, keine deutlichen
Gedanken mehr – heute abend schreibe ich wie
im Traum – und habe nur noch die fast
bedrückende Empfindung eines unendlichen
Reichtums, den es zu geben und zu empfangen
gilt.

Wie haben wir so lange Monate hindurch
schweigen können? Das war sicher der Winter-

schlaf. Oh, möge er für immer vorbei sein, die-
ser furchtbare Winter des Schweigens! Seit ich
Dich wiedergefunden habe, scheint mir alles,
das Leben, das Denken, unsere Seele, schön,
anbetungswürdig, unerschöpflich fruchtbar...

12. September

Ich habe Deinen Brief aus Pisa erhalten...
Auch bei uns ist herrliches Wetter! Noch nie er-
schien mir die Normandie so schön. Vorgestern
habe ich allein und ohne Ziel einen langen
Spaziergang quer durch die Felder gemacht; ich
bin mehr erregt als müde zurückgekommen,
ganz trunken vor Sonne und Freude. Wie
schön waren die Garben unter der glühenden
Sonne! Ich brauchte mich gar nicht in Italien
zu glauben, um alles wunderbar zu finden.

Ja, mein Freund, es ist eine Ermahnung zur
Freude, wie Du sagst, die ich in der «ungeord-
neten Hymne» der Natur höre und verstehe.
Ich höre sie in jedem Vogelgesang; ich atme sie
im Duft jeder Blume, und allmählich begreife
ich die Adoration als einzige Form des Ge-
bets – und sage mit dem heiligen Franziskus:
«Mein Gott! Mein Gott! e non altro»[15], das
Herz erfüllt von unaussprechlicher Liebe.

Du brauchst jedoch nicht zu fürchten, daß

ich zur Ignorantin werde! Ich habe in der letzten Zeit viel gelesen; mit Hilfe einiger Regentage habe ich meine Anbetung gleichsam in die
Bücher verlegt... Malebranche [16] beendet und
sofort die «Briefe an Clarke» [17] von Leibniz
zur Hand genommen. Dann, um mich zu er-
holen, «Die Cenci» [18] von Shelley gelesen –
ohne Vergnügen! Auch «Die Sinnpflanze» [19]
gelesen... Ich werde Dich vielleicht empören:
Ich gäbe fast den ganzen Shelley, den ganzen
Byron für die vier Oden von Keats, die wir
letzten Sommer lasen; ebenso wie ich den
ganzen Hugo gäbe für einige Sonette von
Baudelaire. Das Wort «großer Dichter» bedeutet nichts: ein r e i n e r Dichter zu sein, darauf
kommt es an... O mein Bruder! Danke, daß
ich durch Dich all das kennen, verstehen und
lieben lernte.

... Nein, kürze Deine Reise nicht ab um
des Vergnügens willen, daß wir uns ein paar
Tage sehen. Ernsthaft, es ist besser, wenn wir
uns noch nicht wiedersehen. Glaube mir:
Ich könnte auch dann nicht mehr an Dich denken, wenn Du bei mir wärst. Ich möchte Dir
nicht weh tun, aber ich bin soweit gekommen,
Deine Gegenwart – jetzt – nicht mehr zu
ersehnen. Soll ich es gestehen? Wüßte ich,

134

Du kämst heute abend... ich würde vor Dir
fliehen.

Oh, verlange nicht, daß ich dir dieses...
Gefühl erkläre, ich bitte Dich. Ich weiß nur,
daß ich unaufhörlich an Dich denke (was für
D e i n Glück genügen muß) und daß ich
glücklich bin so...

Kurze Zeit nach diesem letzten Brief, als
ich aus Italien zurückkam, wurde ich
zum Militärdienst einberufen und nach
Nancy geschickt. Ich kannte dort keine
Menschenseele, doch ich war froh, allein
zu sein, denn so war es für Alissa und
meinen Stolz eines Liebenden deutlicher, daß ihre Briefe meine einzige Zuflucht waren und die Erinnerung an sie,
wie Ronsard[20] gesagt hätte, «meine einzige Entelechie».

Um die Wahrheit zu sagen, ertrug ich
die recht harte Disziplin, der wir unterworfen wurden, sehr leicht. Ich härtete
mich gegen alles ab und beklagte mich in
den Briefen, die ich Alissa schrieb, nur
über ihre Abwesenheit. Und wir fanden
in der Dauer dieser Trennung sogar
eine Prüfung, die unserer Tapferkeit wür-

dig war. *Du, der Du Dich niemals beklagst,* schrieb mir Alissa; *Du, den ich mir nicht schwach vorstellen kann...* Was hätte ich nicht alles zum Beweis ihrer Worte ausgehalten?

Seit unserem letzten Wiedersehen war fast ein Jahr vergangen. Sie schien nicht daran zu denken, sondern jetzt erst mit Warten anzufangen. Ich warf es ihr vor.

... War ich nicht mit Dir in Italien? antwortete sie. *Undankbarer! Ich verließ Dich nicht einen einzigen Tag. Begreife doch, daß ich Dir jetzt eine Zeitlang nicht mehr folgen kann, und das, nur das nenne ich Trennung. Ich versuche allerdings, mir Dich als Soldaten vorzustellen... Es gelingt mir nicht. Höchstens finde ich Dich abends in dem kleinen Zimmer der Rue Gambetta wieder, schreibend oder lesend ... und selbst das nicht; in Wirklichkeit treffe ich Dich erst in einem Jahr in Fongueusemare oder Le Havre wieder.*

Ein Jahr! Die bereits vergangenen Tage zähle ich nicht; meine Hoffnung ist auf diesen Punkt in der Zukunft gerichtet, der langsam, langsam näher kommt. Du erinnerst Dich an die niedrige Mauer ganz hinten im Garten, in deren Schutz die Chrysanthemen wuchsen und auf die wir kletterten; Juliette und Du marschiertet kühn dort oben umher wie Mohammedaner, die geradewegs ins Paradies eingehen. Was mich angeht, so wurde mir beim ersten Schritt schwindlig, und Du riefst mir von unten zu: «Sieh nicht auf deine Füße! Geradeaus! Immer weiter! Blicke zum Ziel!» Schließlich – und das half mehr als Deine Worte – klettertest Du dann am anderen Ende auf die Mauer und wartetest auf mich. Da zitterte ich nicht mehr. Ich spürte den Schwindel nicht mehr. Ich sah nur noch Dich an; ich lief bis in Deine offenen Arme…

Was würde aus mir, Jérôme, ohne Vertrauen in Dich? Ich muß das Gefühl haben, daß Du stark bist; ich muß mich auf Dich stützen können. Werde nicht schwach.

Als eine Art Herausforderung – auch aus Furcht vor einem unvollkommenen Wiedersehen – verlängerten wir wie zum Vergnügen unser Warten und vereinbarten, daß ich meine wenigen Urlaubstage gegen Neujahr bei Miss Ashburton in Paris verbringen würde…

Ich habe es schon gesagt: ich schreibe
nicht alle Briefe ab. Gegen Mitte Februar
erhielt ich diesen:

*Große Aufregung, als ich vorgestern bei M. in
der Rue de Paris vorbeikam und im Schau-
fenster sehr aufdringlich ausgestellt Abels Buch
sah, das Du mir angekündigt hattest, an dessen
Realität ich aber nicht glauben mochte. Ich
konnte nicht widerstehen; ich trat ein. Doch der
Titel schien mir so lächerlich, daß ich zögerte,
ihn dem Verkäufer zu sagen; ich sah mich sogar
bereits mit irgendeinem anderen Werk aus dem
Laden gehen. Zum Glück erwartete den Kun-
den neben dem Ladentisch ein kleiner Stapel
«Vertraulichkeiten», und ich warf hundert Sous
hin, nachdem ich mich eines Exemplars bemächtigt hatte und ohne daß ich etwas zu
reden brauchte.*

    *Ich bin Abel dankbar, daß er mir sein Buch
nicht geschickt hat. Ich habe nicht ohne Scham
darin blättern können; Scham nicht so sehr
wegen des Buches selbst – in dem ich letzten
Endes doch mehr Torheit als Anstößigkeit er-
blicke – als Scham bei dem Gedanken, daß
Abel, Abel Vautier, Dein Freund, es geschrieben hat. Vergeblich suchte ich Seite für Seite*

jenes «große Talent», welches der Kritiker des «Temps» darin entdeckt. In unserer kleinen Gesellschaft von Le Havre, wo oft über Abel gesprochen wird, höre ich, daß das Buch großen Erfolg hat. «Leichtigkeit» und «Anmut» nennt man die heillose Oberflächlichkeit dieses Geistes; ich übe natürlich vorsichtige Zurückhaltung und spreche nur zu Dir von meiner Lektüre. Der arme Pastor Vautier, der zunächst mit Recht untröstlich war, fragt sich allmählich, ob er nicht eher Grund hätte, stolz zu sein; alle um ihn herum bemühen sich, ihm das nahezulegen. Als gestern bei Tante Plantier Madame V. ganz plötzlich zu ihm sagte: «Sie müssen sehr glücklich sein über den schönen Erfolg Ihres Sohnes, Herr Pastor!», da antwortete er ein wenig verlegen: «Mein Gott, soweit bin ich noch nicht...» – «Sie werden dahin kommen! Sie werden dahin kommen!» sagte die Tante, ganz arglos sicherlich, aber in einem so ermutigenden Ton, daß alle anfingen zu lachen, sogar er.

Was soll erst werden, wenn «Der neue Abaelard» gespielt wird, den er, wie ich höre, für irgendein Theater der Boulevards vorbereitet und über den anscheinend schon die Zeitungen berichten! – Armer Abel! Ist das wirk-

*lich der Erfolg, den er sich wünscht und mit
dem er sich zufriedengeben wird?*

*Gestern las ich diese Worte aus der «Inter-
nelle Consolation»²¹: «Wer den wahren und
dauerhaften Ruhm wahrhaft begehrt, der ach-
tet nicht des irdischen; wer diesen nicht in seinem Herzen verachtet, zeigt wahrlich, daß er
den himmlischen nicht liebt», und ich dachte:
«Danke, mein Gott, daß Du Jérôme für diesen
himmlischen Ruhm auserwählt hast, neben
dem der andere nichts ist.»*

Die Wochen und Monate verflossen mit
eintönigen Beschäftigungen; doch weil
mein Denken allein auf Erinnerungen
oder Hoffnungen gerichtet war, merkte
ich kaum, wie langsam die Zeit verging
und wie lang die Stunden waren.

Im Juni sollten mein Onkel und
Alissa in der Nähe von Nîmes Juliette
treffen, die zu dieser Zeit ein Kind erwartete. Etwas weniger gute Nachrichten beschleunigten ihre Abreise.

Dein letzter, nach Le Havre adressierter Brief,
schrieb mir Alissa, *ist angekommen, als wir
gerade abgereist waren. Wie ist es zu erklären,*

daß er mich hier erst acht Tage später erreicht hat? Die ganze Woche war meine Seele unvollständig, erstarrt, zweifelnd, geschwächt. Oh, mein Bruder! Nur mit Dir bin ich wirklich ich, mehr als ich...

Juliette geht es wieder gut: wir erwarten jeden Tag ihre Entbindung, ohne allzu große Besorgnis. Sie weiß, daß ich Dir heute morgen schreibe; am Tag nach unserer Ankunft in Aigues-Vives fragte sie mich: «Und Jérôme, was macht er... schreibt er Dir immer noch?», und da ich sie nicht belügen konnte: «Wenn Du ihm schreibst, dann sage ihm, daß...», sie zögerte einen Augenblick, dann lächelte sie ganz sanft: «...daß ich geheilt bin.» Ich fürchtete ein wenig, daß sie mir in ihren stets heiteren Briefen eine Komödie des Glücks vorspielte und sich selbst davon täuschen ließ... Das, was heute ihr Glück ausmacht, unterscheidet sich so sehr von dem, was sie erträumte und wovon ihr «Glück» abzuhängen schien! Ach, wie wenig ist das, was man Glück nennt, von der Seele zu trennen, und wie wenig bedeuten die Dinge, die es von außen zu bilden scheinen! Ich verschone Dich mit einer Unmenge von Überlegungen, die ich auf meinen einsamen Spaziergängen durch die «Garrigue» anstellen konnte, *wobei mich am meisten erstaunt, daß ich nicht fröhlicher bin; Juliettes Glück sollte mich mit Freude erfüllen... Warum gibt mein Herz einer unverständlichen Schwermut nach, gegen die ich mich nicht wehren kann? Die Schönheit dieses Landes, die ich empfinde, die ich zumindest feststelle, verstärkt meine unerklärliche Traurigkeit noch... Als Du mir aus Italien schriebst, wußte ich alles durch Dich zu sehen; jetzt scheint es mir, als entzöge ich Dir all das, was ich ohne Dich betrachte. In Fongueusemare und in Le Havre hatte ich mir für Regentage eine Widerstandskraft zugelegt; hier ist diese Kraft nicht mehr angebracht, und ich bin unruhig, weil ich keine Verwendung für sie habe. Das Lachen der Leute und des Landes ärgert mich; vielleicht heißt für mich «traurig sein» auch nur, nicht so laut sein wie sie... Zweifellos mischte sich früher ein gewisser Hochmut in meine Freude, denn jetzt, unter dieser befremdlichen Lustigkeit, empfinde ich so etwas wie eine Demütigung.*

Ich konnte kaum beten, seit ich hier bin. Ich habe das kindliche Gefühl, daß Gott nicht mehr am selben Platz ist. Adieu; ich verlasse Dich ganz schnell; ich schäme mich dieser Blasphemie, meiner Schwäche, meiner Trau-

*rigkeit und daß ich sie Dir gestehe und daß
ich Dir das alles schreibe, was ich morgen zerreißen würde, wenn es nicht heute abend der
Postwagen mitnähme...*

Der nächste Brief berichtete nur von der
Geburt ihrer Nichte, deren Patin sie werden sollte, von Juliettes Freude, von der
Freude meines Onkels... Doch von ihren
eigenen Gefühlen war keine Rede mehr.
    Dann kamen die Briefe erneut aus
Fongueusemare, wo Juliette sie im Juli
besuchte...

*Heute morgen haben uns Édouard und Juliette
wieder verlassen. Vor allem um meine kleine
Patentochter tut es mir leid; wenn ich sie in
einem halben Jahr wiedersehe, werde ich nicht
mehr alle ihre Gebärden kennen; sie hatte noch
kaum eine, von der ich nicht gesehen hätte, wie
sie sie erfand. Das Werden des Gebildeten ist
immer so geheimnisvoll und überraschend; nur
aus Mangel an Aufmerksamkeit staunen wir
nicht häufiger. Wie viele Stunden war ich voller Hoffnung über diese Wiege gebeugt. Durch
welchen Egoismus, welche Selbstgefälligkeit,
welche Gleichgültigkeit gegenüber dem Besse-*

ren bricht die Entwicklung so schnell ab und bleibt jedes Geschöpf noch so fern von Gott stehen? Oh, könnten, wollten wir uns Ihm doch nähern... welcher Wettstreit wäre das!

Juliette macht einen sehr glücklichen Eindruck. Zuerst betrübte es mich, zu sehen, daß sie das Klavierspiel und das Lesen aufgegeben hat; aber Édouard Teissières liebt die Musik nicht und hat wenig Sinn für Bücher; Juliette handelt sicher klug, wenn sie ihre Freuden nicht dort sucht, wo er ihr nicht folgen könnte. Dagegen interessiert sie sich für die Tätigkeit ihres Mannes, der sie über all seine Geschäfte auf dem laufenden hält. Die haben sich dieses Jahr sehr ausgedehnt; er macht sich einen Spaß daraus zu sagen, daß dies an seiner Heirat liege, die ihm eine bedeutende Kundschaft in Le Havre eingebracht habe... Robert hat ihn bei seiner letzten Geschäftsreise begleitet; Édouard bemüht sich sehr um ihn, behauptet, sein Wesen zu verstehen, und er gibt die Hoffnung nicht auf, daß Robert einmal ernsthaft Geschmack an dieser Art Arbeit finden werde.

Vater geht es sehr viel besser; es verjüngt ihn, seine Tochter glücklich zu sehen. Er interessiert sich erneut für den Hof, für den Garten

und hat mich soeben gebeten, das Vorlesen wie-
deraufzunehmen, das wir mit Miss Ashburton
begonnen hatten und das durch den Besuch der
Teissières unterbrochen worden war; so lese ich
ihnen die Reisen des Barons von Hübner²² vor;
es macht mir selbst großes Vergnügen. Ich werde
jetzt auch wieder mehr Zeit haben, für mich zu
lesen; aber ich erwarte einige Hinweise von
Dir; ich nahm heute morgen nacheinander meh-
rere Bücher zur Hand, ohne mich von einem
einzigen angezogen zu fühlen!

Von diesem Zeitpunkt an wurden Alissas
Briefe trüber und dringlicher:

Die Angst, Dich zu beunruhigen, hindert
mich, Dir zu sagen, wie sehr ich Dich erwarte,
schrieb sie mir gegen Ende des Som-
mers. *Jeder Tag, den ich noch verbringen muß,*
bevor ich Dich wiedersehe, lastet auf mir, be-
drückt mich. Noch zwei Monate! Das erscheint
mir länger als die ganze Zeit, die ich schon fern
von Dir zugebracht habe! Alle Versuche, die
ich unternommen habe, um mich vom Warten
abzulenken, scheinen mir lächerlich vorläufig,
und ich kann mich zu nichts zwingen. Die
Bücher sind ohne Wirksamkeit, ohne Zauber,

die Spaziergänge ohne Reiz, die gesamte Natur ohne Glanz, der Garten farblos, ohne Düfte. Ich beneide Dich um Deine Frondienste, diese nicht selbst gewählten Pflichtübungen, welche Dich unablässig von Dir wegreißen und Dich müde machen, Deine Tage verkürzen und Dich abends voller Müdigkeit in Schlaf sinken lassen. Die bewegende Schilderung, die Du mir von den Manövern gegeben hast, ging mir nach. Die letzten Nächte, in denen ich schlecht schlief, bin ich mehrmals beim Ertönen des Weckrufs hochgefahren; ich hörte ihn wirklich. Ich kann mir so gut diese leichte Trunkenheit vorstellen, von der Du sprichst, diesen morgendlichen Jubel, diesen halben Taumel… Wie schön muß im eisigen Glanz der Morgendämmerung diese Hochebene von Malzéville ausgesehen haben!

Es geht mir seit einiger Zeit nicht so gut; oh, nichts Ernstes! Ich glaube einfach, ich warte ein wenig zu sehr auf Dich.

Und sechs Wochen später:

Dies ist mein letzter Brief, mein Freund. Sowenig Du auch bisher das genaue Datum Deiner Rückkehr weißt, es kann nicht mehr

lange dauern; ich könnte Dir nichts mehr
schreiben. Ich hätte Dich gern in Fongueuse-
mare wiedergesehen, aber die schlechte Jahres-
zeit hat nunmehr begonnen, es ist außerordent-
lich kalt, und Vater spricht nur noch davon, in
die Stadt zurückzukehren. Jetzt, da Juliette
und Robert nicht mehr bei uns wohnen, könn-
ten wir Dich ohne Umstände unterbringen,
aber es ist dennoch besser, wenn Du bei Tante
Félicie absteigst, welche geradeso glücklich sein
wird, Dich aufzunehmen.

Je näher der Tag unseres Wiedersehens
rückt, desto banger wird mein Warten; es ist fast
Angst; mir scheint, als würde ich Dein so er-
sehntes Kommen jetzt fürchten; ich bemühe
mich, nicht mehr daran zu denken; ich stelle
mir Dein Läuten vor, Deine Schritte auf der
Treppe, und mein Herz hört auf zu schlagen
oder tut mir weh... Erwarte vor allem nicht,
daß ich mit Dir sprechen kann... Ich fühle,
daß hier meine Vergangenheit endet; jenseits
von ihr sehe ich nichts; mein Leben bleibt
stehen...

Vier Tage danach, das heißt eine Woche
vor meiner Entlassung, erhielt ich jedoch
noch einen sehr kurzen Brief:

*Mein Freund, ich finde es vollkommen richtig,
daß Du Deinen Aufenthalt in Le Havre und
die Zeit unseres ersten Wiedersehens nicht über
Gebühr auszudehnen versuchst. Was hätten
wir uns zu sagen, das wir uns nicht bereits geschrieben haben? Wenn Dich die Einschrei-
bung also schon am 28. wieder nach Paris zu-
rückruft, so zögere nicht, bedauere nicht einmal,
daß Du uns nur zwei Tage geben kannst.
Werden wir nicht das ganze Leben haben?*

VI

Unser erstes Treffen fand bei Tante Plantier statt. Ich fühlte mich plötzlich durch den Militärdienst schwerfälliger, dicker geworden... Danach kam ich auf den Gedanken, daß sie mich verändert gefunden habe. Doch was konnte zwischen uns dieser erste trügerische Eindruck schon bedeuten? – Was mich betrifft, so fürchtete ich, sie nicht mehr ganz wiederzuerkennen, und wagte zunächst kaum, sie anzuschauen... Nein; was uns viel eher aus der Fassung brachte, war diese absurde Rolle der Verlobten, die wir zu spielen gezwungen waren, diese Beflissenheit aller, uns allein zu lassen, sich vor uns zurückzuziehen.

«Aber, Tante, du störst uns keineswegs; wir haben uns keine Geheimnisse anzuvertrauen», rief schließlich Alissa angesichts der plumpen Anstrengungen dieser Frau, sich unsichtbar zu machen.

«Doch, doch, meine Kinder! Ich verstehe euch sehr gut; wenn man sich lang nicht gesehen hat, hat man sich ja eine Menge kleine Dinge zu erzählen...»

«Ich bitte dich, Tante; du würdest uns sehr kränken, wenn du gingst»; und das wurde in einem fast ärgerlichen Ton gesagt, in dem ich Alissas Stimme kaum wiedererkannte.

«Tante, wir werden uns bestimmt kein einziges Wort mehr sagen, wenn Sie gehen!» fügte ich lachend hinzu, da mich selbst eine gewisse Angst überkam bei dem Gedanken, wir könnten allein bleiben.

Und die Unterhaltung ging zwischen uns dreien weiter, in falscher Munterkeit, belanglos, angetrieben von jener gespielten Lebhaftigkeit, hinter der jeder von uns seine Verwirrung verbarg.

Wir sollten uns am nächsten Tag wiedersehen, da mein Onkel mich zum Mittagessen eingeladen hatte, so daß wir uns an diesem ersten Abend ohne Schmerz trennten, froh, diesem Theater ein Ende zu machen.

Ich kam lange vor der Essenszeit, fand jedoch Alissa im Gespräch mit einer Freundin, die hinauszukomplimentieren sie nicht die Kraft hatte und die ihrerseits nicht so taktvoll war zu gehen. Als sie uns endlich allein gelassen hatte, tat ich so, als wunderte ich mich, daß Alissa sie nicht zum Essen eingeladen hatte. Wir waren beide nervös, erschöpft durch eine schlaflose Nacht. Mein Onkel kam. Alissa spürte, daß ich ihn gealtert fand. Er war schwerhörig geworden, verstand meine Stimme schlecht; die Notwendigkeit zu schreien, um mich verständlich zu machen, vergröberte meine Worte.

Nach dem Essen holte uns, wie vereinbart, Tante Plantier in ihrem Wagen ab; sie nahm uns mit nach Orcher in der Absicht, Alissa und mich auf dem Rückweg den angenehmsten Teil der Strecke zu Fuß gehen zu lassen.

Es war warm für die Jahreszeit. Die Seite der Anhöhe, auf der wir gingen, war der Sonne ausgesetzt und ohne Reiz; die kahlen Bäume boten uns keinen Schutz. Getrieben von der Sorge, den Wagen wieder einzuholen, in dem uns die Tante erwartete, beschleunigten wir in unbequemer Weise unseren Schritt. Kein Gedanke war aus meiner

von der Migräne versperrten Stirn herauszuholen; gefaßt, oder auch weil diese
Geste die Worte ersetzen konnte, hatte
ich beim Gehen Alissas Hand genommen, die sie mir überließ. Die Erregung,
der atemlose Marsch und das Unbehagen unseres Schweigens trieben uns
das Blut ins Gesicht. Ich fühlte es in den
Schläfen pochen; Alissa war puterrot;
und bald war es uns peinlich, wie unsere
feuchten Hände aneinanderklebten; wir
lösten sie und ließen sie traurig hängen.

Wir hatten uns zu sehr beeilt und
kamen lange vor dem Wagen an die
Kreuzung, den die Tante eine andere
Strecke und sehr langsam fahren ließ,
um uns Zeit zum Plaudern zu geben.
Wir setzten uns auf die Böschung; der
plötzlich aufkommende kalte Wind ließ
uns erstarren, denn wir waren schweiß-
gebadet; so standen wir auf und gingen dem Wagen entgegen… Doch das
schlimmste war die bemühte Fürsorg-
lichkeit der armen Tante, die überzeugt
war, daß wir uns ausgiebig unterhalten
hatten, und uns nun über unsere Verlobung ausfragen wollte. Alissa, welche

nicht mehr an sich halten konnte und deren Augen sich mit Tränen füllten, schützte heftige Kopfschmerzen vor. Die Rückfahrt verlief schweigend.

Am nächsten Tag erwachte ich mit Gliederschmerzen, erkältet, so leidend, daß ich mich erst nachmittags entschloß, zu den Bucolins zu gehen. Unglücklicherweise war Alissa nicht allein. Madeleine Plantier, eine Enkelin unserer Tante Félicie, war da, und ich wußte, daß Alissa oftmals gerne mit ihr plauderte. Sie wohnte für einige Tage bei ihrer Großmutter und rief, als ich eintrat: «Wenn du nachher wieder zur Côte hinauf willst, können wir auch zusammen gehen.»

Ich stimmte mechanisch zu, so daß ich Alissa nicht allein sehen konnte. Doch die Anwesenheit dieses liebenswerten Kindes war uns zweifellos hilfreich; da war nicht mehr die unerträgliche Befangenheit wie am Vortag; bald entspann sich zwischen uns dreien eine ungezwungene und viel weniger belanglose Unterhaltung, als ich zuerst befürchtet haben mochte. Alissa lächelte seltsam, als ich ihr adieu sagte; mir schien, daß sie bis dahin noch nicht begriffen hatte, daß ich am nächsten Tag wieder wegfuhr. Übrigens nahm die Aussicht auf ein sehr baldiges Wiedersehen meinem Abschied das Tragische, das er hätte haben können.

Dennoch ging ich nach dem Abendessen, von einer dunklen Unruhe getrieben, noch einmal in die Stadt hinunter, wo ich fast eine Stunde umherirrte, bevor ich mich entschloß, erneut bei den Bucolins zu läuten. Mein Onkel empfing mich. Alissa, die sich nicht wohl fühlte, war bereits auf ihr Zimmer gegangen und hatte sich wahrscheinlich gleich zu Bett gelegt. Ich plauderte eine Zeitlang mit meinem Onkel, dann machte ich mich wieder auf den Weg...

So widrig diese Umstände waren, ich würde sie vergebens verantwortlich machen. Auch wenn uns alles zu Hilfe gekommen wäre – wir hätten unsere Pein erfunden. Nichts konnte mich aber mehr betrüben, als daß auch Alissa es spürte. Sobald ich wieder in Paris war, erhielt ich diesen Brief:

*Mein Freund, welch trauriges Wiedersehen!
Du schienst zu sagen, daß es die Schuld der anderen sei, aber Du warst selbst nicht davon
überzeugt. Und jetzt glaube ich, jetzt weiß ich,
daß es immer so sein wird. Ach, ich bitte Dich,
wir wollen uns nicht mehr sehen!*

*Warum diese Befangenheit, dieses unbe-
hagliche Gefühl, diese Lähmung, diese Stumm-
heit, wenn wir uns alles zu sagen haben? Am
ersten Tag Deiner Rückkehr war ich sogar noch
glücklich über dieses Schweigen, weil ich glaubte, es würde sich auflösen und Du würdest mir
wunderbare Dinge sagen: vorher konntest Du
nicht abfahren.*

*Doch als ich unseren trostlosen Spazier-
gang in Orcher schweigend zu Ende gehen
sah und vor allem, als unsere Hände einander
losließen und hoffnungslos herabsanken, da
glaubte ich, mein Herz müsse vergehen vor
Elend und Schmerz. Und was mich am meisten verzweifeln ließ, das war nicht, daß Deine
Hand die meine losgelassen hatte, sondern zu
fühlen, daß, wenn sie es nicht getan haben würde, die meine damit angefangen hätte – denn
ihr gefiel es auch nicht mehr in der Deinen.*

*Am nächsten Tag – das war gestern – habe
ich den ganzen Morgen lang wie irrsinnig auf*

Dich gewartet. Ich war zu unruhig, um im Haus zu bleiben, und hatte eine Nachricht hinterlassen, die Dir sagen sollte, wo Du mich finden würdest: auf der Mole. Dort bin ich lange geblieben und habe der Dünung zugesehen, doch ich litt zu sehr darunter, ohne Dich zuzusehen; ich bin nach Hause gegangen, da ich mir plötzlich vorstellte, Du wartetest in meinem Zimmer auf mich. Ich wußte, daß ich am Nachmittag nicht frei sein würde; Madeleine hatte am Vortag ihren Besuch angekündigt, und da ich damit rechnete, Dich morgens zu treffen, hatte ich sie kommen lassen. Doch vielleicht verdanken wir die einzigen guten Augenblicke dieses Wiedersehens nur ihrer Gegenwart. Eine Zeitlang hatte ich die seltsame Illusion, dieses ungezwungene Gespräch würde lange, lange dauern... Und als Du Dich dem Sofa nähertest, auf dem ich mit ihr saß, und Dich zu mir hinabbeugtest und adieu sagtest, da konnte ich nicht antworten; mir schien, als wäre alles zu Ende: plötzlich hatte ich begriffen, daß Du abreistest.

Du warst kaum mit Madeleine fortgegangen, als mir das unmöglich, unerträglich schien. Weißt Du, daß ich noch einmal hinausgegangen bin...? Ich wollte noch mit Dir spre-

chen, Dir endlich all das sagen, was ich Dir nicht gesagt hatte. Schon lief ich zu den Plantiers... es war spät; ich hatte keine Zeit, keinen Mut... Ich bin zurückgekehrt, verzweifelt, um Dir zu schreiben... daß ich Dir nicht mehr schreiben wolle... einen Abschiedsbrief... denn ich fühlte nur allzu stark, daß unser ganzer Briefwechsel nur eine große Täuschung war, daß jeder von uns beiden, leider, nur an sich selbst schrieb und daß... Jérôme! Jérôme! ach! daß wir einander auf immer fern bleiben!

Ich habe diesen Brief zwar zerrissen; aber ich schreibe ihn Dir gerade noch einmal, fast den gleichen. Oh, ich liebe Dich nicht weniger, mein Freund! Im Gegenteil, ich habe nie so sehr empfunden, gerade in meiner Verwirrung, in meiner Befangenheit, wenn Du Dich mir nähertest, wie innig ich Dich liebe; aber hoffnungslos, siehst Du, denn ich muß es mir eingestehen: Von weitem liebte ich Dich mehr. Ach, ich ahnte es bereits! Diese so ersehnte Begegnung zeigt es mir endgültig, und auch Du, mein Freund, mußt Dir darüber klarwerden. Adieu, mein so sehr geliebter Bruder; Gott möge Dich behüten und Dich leiten. Nur Ihm allein darf man sich ungestraft nähern.

Und als wäre dieser Brief nicht schon schmerzlich genug, hatte sie am nächsten Tag noch dieses Postskriptum hinzugefügt:

Ich möchte diesen Brief nicht abschicken, ohne Dich um etwas mehr Verschwiegenheit zu bitten über das, was nur uns beide angeht. So manches Mal hast Du mich verletzt, indem Du mit Juliette oder Abel besprochen hast, was zwischen Dir und mir hätte bleiben müssen, und eben das hat mich schon viel früher, als Du ahnst, auf den Gedanken gebracht, daß Deine Liebe vor allem eine Kopf-Liebe ist, ein schönes intellektuelles Beharren auf Zärtlichkeit und Treue.

Unzweifelhaft hatte die Befürchtung, ich könnte diesen Brief Abel zeigen, die letzten Zeilen diktiert. Welcher argwöhnische Scharfblick hatte sie gewarnt? Hatte sie damals in meinen Worten einen Widerschein der Ratschläge meines Freundes entdeckt?

Ich fühlte mich ihm jetzt sehr fern! Wir folgten zwei auseinanderstrebenden Wegen, und es war ganz überflüssig, mich zu ermahnen, daß ich die quälende Last meines Kummers alleine tragen müsse.

Die nächsten drei Tage waren ausgefüllt mit meinem Jammer; ich wollte Alissa antworten. Ich fürchtete, durch eine übereilte Diskussion, durch zu heftigen Protest, durch das geringste ungeschickte Wort die Wunde endgültig aufzureißen; zwanzigmal begann ich den Brief, in der meine Liebe sich zur Wehr setzte. Ich kann heute noch nicht, ohne zu weinen, dieses von Tränen getränkte Blatt lesen, die Abschrift desjenigen, das ich mich schließlich abzusenden entschloß:

Alissa! Habe Erbarmen mit mir, mit uns beiden! Dein Brief tut mir weh. Wie gern möchte ich über Deine Befürchtungen lächeln können! Ja, ich spürte all das, was Du mir schreibst; aber ich fürchtete, es mir einzugestehen. Welche furchtbare Realität verleihst Du dem, was nur eingebildet ist, und wie unüberwindlich machst Du es zwischen uns.

Wenn Du fühlst, daß Du mich weniger liebst… Ach, mir liegt diese grausame Ver-

mutung fern, die Dein ganzer Brief widerlegt!
Was bedeuten denn schon Deine vorübergehen-
den Ängste? Alissa! Sobald ich argumentieren
will, erstarren meine Sätze; ich höre nur noch
das Stöhnen meines Herzens. Ich liebe Dich zu
sehr, um gewandt zu sein, und je mehr ich
Dich liebe, um so weniger kann ich sprechen.
«Kopf-Liebe...» Was soll ich darauf antwor-
ten? Wenn ich Dich mit meiner ganzen Seele
liebe, wie kann ich da unterscheiden zwischen
meinem Verstand und meinem Herzen? Aber
da unser Briefwechsel die Ursache Deiner
kränkenden Beschuldigung ist, da uns, die wir
von ihm emporgehoben waren, der Absturz in
die Wirklichkeit so schwer zugesetzt hat, da
Du jetzt, wenn Du mir schreibst, glauben wür-
dest, Du schriebest nur noch an Dich selbst,
und da ich auch nicht die Kraft habe, noch
einen Brief wie diesen zu ertragen, bitte ich
Dich: Laß uns eine Zeitlang jeden Brief-
wechsel zwischen uns einstellen.

Im weiteren Verlauf meines Briefes erhob ich Einspruch gegen ihr Urteil, legte
Berufung ein, flehte sie an, uns eine neu-
erliche Zusammenkunft zu gewähren.
Diese hatte alles gegen sich gehabt: Ku-

lisse, Nebenfiguren, Saison – bis hin zu unseren überschwenglichen Briefen, die uns so wenig klug darauf vorbereitet hatten. Allein das Schweigen würde diesmal unserem Treffen vorangehen. Ich wünschte es mir im Frühjahr in Fongueusemare, wo, so dachte ich, die Vergangenheit zu meinen Gunsten sprechen würde und wo mein Onkel mich in den Osterferien gerne aufnehmen würde, so viele oder so wenige Tage, wie sie selbst es für richtig befände.

Mein Entschluß stand fest, und als mein Brief abgeschickt war, konnte ich mich gleich in die Arbeit stürzen.

Ich sollte Alissa noch vor Ende des Jahres wiedersehen. Miss Ashburton, deren Gesundheit seit einigen Monaten angegriffen war, starb vier Tage vor Weihnachten. Seit meiner Rückkehr vom Militärdienst wohnte ich wieder bei ihr; ich verließ sie kaum und konnte in den letzten Augenblicken bei ihr sein. Eine Karte von Alissa verriet mir, daß ihr unser Schweigegelübde noch mehr am Herzen lag als meine Trauer: sie werde zwischen zwei

Zügen nur zur Beerdigung kommen, an der mein Onkel nicht teilnehmen könne.

Wir, sie und ich, waren fast allein bei der Trauerfeier und folgten fast allein dem Sarg. Wir wechselten kaum ein paar Sätze, während wir nebeneinanderher gingen; doch in der Kirche, wo sie sich neben mich gesetzt hatte, fühlte ich mehrmals ihren Blick zärtlich auf mir ruhen.

«Es ist also abgemacht», sagte sie, bevor sie mich verließ, «bis zu Ostern nichts.»

«Ja; aber an Ostern...»

«Ich erwarte dich.»

Wir standen am Tor des Friedhofs. Ich schlug vor, sie zum Bahnhof zu bringen; doch sie winkte einem Wagen und ließ mich ohne ein Wort des Abschieds zurück.

VII

«Alissa erwartet dich im Park», sagte
mein Onkel, nachdem er mich väterlich
umarmt hatte, als ich Ende April in
Fongueusemare ankam. Wenn ich auch
erst enttäuscht war, daß sie mich nicht
selbst empfangen wollte, so war ich ihr
doch gleich darauf dankbar, daß sie uns
beiden die banalen Ergüsse der ersten
Augenblicke des Wiedersehens ersparte.

Sie war am Ende des Parks. Ich ging
zu jenem Rondell, das dicht von Bü-
schen umstanden war: Flieder, Eber-
eschen, Goldregen, Weigelien, die zu
dieser Jahreszeit alle in Blüte standen.
Um Alissa nicht schon aus allzu großer
Entfernung zu gewahren oder damit sie
mich nicht kommen sähe, folgte ich auf
der anderen Seite des Gartens dem dunklen Weg, wo die Luft kühl war unter
den Zweigen. Ich ging langsam; der
Himmel war wie meine Freude, warm,
leuchtend, von zarter Reinheit. Sicherlich erwartete sie, daß ich auf dem an-

deren Weg käme; ich war bei ihr, hinter ihr, ohne daß sie mich hätte näher kommen hören; ich blieb stehen... Und als hätte die Zeit mit mir stehenbleiben können, dachte ich: «Das ist vielleicht der köstlichste Augenblick, wenn er dem Glück vorangehen würde, und den auch das Glück nicht aufwiegen wird...»

Ich wollte vor ihr auf die Knie fallen; ich machte einen Schritt, den sie hörte. Sie erhob sich jäh, ließ ihre Stickerei, mit der sie beschäftigt war, zu Boden fallen, streckte mir die Arme entgegen und legte mir die Hände auf die Schultern. Eine Zeitlang standen wir so, sie mit ausgestreckten Armen, lächelndem Gesicht, den Kopf zur Seite geneigt, und sie sah mich zärtlich an, ohne ein Wort zu sagen. Sie war ganz in Weiß. Auf ihrem fast zu ernsten Gesicht fand ich ihr Kinderlächeln wieder...

«Hör, Alissa», rief ich plötzlich aus, «ich habe zwölf freie Tage vor mir. Ich werde nicht einen Tag länger bleiben, als es dir gefällt. Laß uns ein Zeichen vereinbaren, das bedeuten soll: Morgen mußt du Fongueusemare verlassen. Am nächsten Tag reise ich ohne Vorwürfe, ohne Klagen ab. Bist du einverstanden?»

Da ich meine Sätze nicht vorbereitet hatte, sprach ich unbefangener. Sie überlegte einen Augenblick, dann sagte sie: «Wenn ich eines Abends beim Essen nicht das Amethystkreuz am Hals trage, das du liebst… wirst du das dann verstehen?»

«Das soll mein letzter Abend sein.»

«Aber», fragte sie weiter, «wirst du abreisen können ohne Tränen, ohne einen Seufzer…?»

«Ohne Abschied. Ich werde dich an diesem letzten Abend verlassen wie am Abend zuvor, so einfach, daß du dich zuerst fragen wirst: ‹Sollte er nicht verstanden haben?› Doch wenn du mich am nächsten Morgen suchst, werde ich einfach nicht mehr dasein.»

«Ich werde dich am nächsten Morgen nicht mehr suchen.»

Sie reichte mir die Hand, und während ich sie zu meinen Lippen hob, sagte ich noch: «Bis zu dem schicksalhaften Abend keine Anspielung, die mich etwas ahnen ließe.»

«Von dir keine Anspielungen auf die kommende Trennung.»

Nun mußte die Befangenheit aufgelöst werden, die die Feierlichkeit dieses Wiedersehens zwischen uns aufzubauen drohte.

«Ich möchte gern», sagte ich, «daß diese paar Tage bei dir für uns genauso sind wie andere Tage... Ich meine: daß wir beide nicht das Gefühl haben, sie seien außergewöhnlich. Und dann... wenn wir zunächst nicht allzu sehr darauf aus sein könnten zu reden...»

Sie fing an zu lachen. Ich fügte hinzu: «Gibt es nichts, was wir zusammen tun könnten?»

Wir hatten schon immer Freude an der Gartenarbeit gehabt. Seit kurzer Zeit war ein neuer, unerfahrener Gärtner an die Stelle des alten getreten, und der zwei Monate lang kaum gepflegte Garten bot viel zu tun. Rosenstöcke waren nachlässig beschnitten; manche, die kräftig wuchsen, waren voller trockener Zweige; schlecht gehaltene Kletterrosen fielen in sich zusammen; wuchernde Büsche erstickten andere. Die meisten waren von uns gepfropft worden; wir erkannten unsere Schützlinge wieder; die Pflege, die sie verlangten, nahm uns sehr in Anspruch und erlaubte uns in den ersten drei Tagen, viel zu reden, ohne etwas Ernstes zu sagen, und die Stille nicht als bedrückend zu empfinden, wenn wir schwiegen.

So gewöhnten wir uns wieder aneinander. Ich versprach mir mehr von dieser Gewöhnung als von irgendeiner Auseinandersetzung. Selbst die Erinnerung an unsere Trennung verblaßte bereits zwischen uns, die Furcht, die ich oft bei ihr spürte, und jene Verkrampfung der Seele, die sie an mir fürchtete, ließen bereits nach. Alissa, jünger als bei meinem traurigen Besuch im Herbst, war mir noch nie so hübsch erschienen. Ich hatte sie noch nicht geküßt. Jeden Abend sah ich auf ihrer Bluse das kleine Amethystkreuz an einem goldenen Kettchen schimmern. Ich war zuversichtlich, und in meinem Herzen erwachte wieder die Hoffnung; was sage ich: Hoffnung? Es war schon Gewißheit, und ich bildete mir ein, sie auch bei Alissa zu spüren;

denn ich zweifelte so wenig an mir, daß ich an ihr nicht mehr zweifeln konnte. Allmählich wurden nun unsere Worte kühner.

«Alissa», sagte ich eines Morgens, als der Himmel lachte und unser Herz sich öffnete wie eine Blume, «willst du jetzt, da Juliette glücklich ist, nicht auch uns...»

Ich sprach langsam, den Blick auf sie geheftet; sie wurde plötzlich so außerordentlich blaß, daß ich meinen Satz nicht beenden konnte.

«Mein Freund!» begann sie, ohne mich anzusehen, «ich hätte nie gedacht, daß man so glücklich sein kann, wie ich mich in deiner Nähe fühle... doch glaube mir: wir sind nicht für das Glück geschaffen.»

«Was kann der Seele wichtiger sein als das Glück?» rief ich heftig.

Sie murmelte so leise, daß ich das Wort eher erriet, als daß ich es verstand: «Die Heiligkeit...»

All mein Glück breitete die Flügel aus, flog weg von mir, dem Himmel zu.

«Ich werde sie nicht erlangen ohne dich», sagte ich, und den Kopf in ihrem

Schoß, weinend wie ein Kind, aber vor Liebe, nicht vor Traurigkeit, wiederholte ich: «Nicht ohne dich; nicht ohne dich!»

Dann verging dieser Tag wie die anderen. Am Abend jedoch erschien Alissa ohne den Amethystschmuck. Meinem Versprechen treu, reiste ich am nächsten Tag im Morgengrauen ab.

Am übernächsten Tag erhielt ich diesen seltsamen Brief, dem als Motto die paar Verse Shakespeares vorangestellt waren:

> *That strain again, – it had a dying fall:*
> *O, it came o'er my ear like the sweet*
> *south,*
> *That breathes upon a bank of violets,*
> *Stealing and giving odour. – Enough;*
> *no more,*
> *'Tis not so sweet now as it was*
> *before…²³*

Ja! Gegen meinen Willen habe ich Dich den ganzen Morgen gesucht, mein Bruder. Ich konnte nicht glauben, daß Du abgereist warst. Ich nahm es Dir übel, daß Du das Versprechen gehalten hattest. Ich dachte: «Das ist ein Spiel.» Hinter jedem Busch sah ich Dich hervorkom-

men. – Doch nein! Deine Abreise ist wirklich. Danke.

Den Rest des Tages verfolgte mich die beständige Gegenwart gewisser Gedanken, die ich Dir gern mitteilen wollte – und die eigenartige, deutliche Furcht, daß ich, wenn ich sie Dir nicht mitteilte, später das Gefühl haben würde, Dir gegenüber gefehlt zu haben, Deinen Vorwurf verdient zu haben...

In den ersten Stunden Deines Aufenthalts in Fongueusemare war ich erstaunt, bald darauf beunruhigt über diese seltsame Zufriedenheit meines ganzen Wesens, die ich in Deiner Nähe empfand; «eine solche Zufriedenheit», sagtest Du mir, «daß ich darüber hinaus nichts mehr wünsche». Ach, gerade das beunruhigt mich...

Mein Freund, ich fürchte, daß ich mich schlecht verständlich mache. Ich fürchte vor allem, daß Du nur eine ausgeklügelte Rechthaberei (oh, wie ungeschickt wäre sie!) in dem siehst, was der Ausdruck der heftigsten Empfindung meiner Seele ist.

«Wenn es nicht genügte, wäre es nicht das Glück», hattest Du mir gesagt, erinnerst Du Dich? Und ich hatte nichts zu erwidern gewußt. – Nein, Jérôme, es genügt uns nicht.

Jérôme, es darf uns nicht genügen. Ich kann diese Zufriedenheit voller Wonne nicht für wahr halten. Haben wir im Herbst nicht begriffen, welche Verzweiflung sie verbergen würde…?

Wahr! Ach, Gott behüte uns davor! Wir sind für ein anderes Glück geschaffen…

So wie unser Briefwechsel damals im Herbst unser Wiedersehen verdorben hat, so ernüchtert die Erinnerung an Deine gestrige Gegenwart meinen heutigen Brief. Was ist aus dem Entzücken geworden, das ich empfand, wenn ich Dir schrieb? Wir haben durch die Briefe, durch das Zusammensein die ganze Reinheit der Freude erschöpft, auf die unsere Liebe Anspruch erheben kann. Gegen meinen Willen rufe ich nun wie Orsino in «Was ihr wollt»: «Genug! nicht mehr! Es ist mir nun so süß nicht wie vorher.»

Adieu, mein Freund. Hic incipit amor Dei.²⁴ Ach, wirst Du je wissen, wie sehr ich Dich liebe…? Bis ans Ende bin ich Deine

Alissa

Gegen die Falle der Tugend war ich wehrlos. Alles Heldentum blendete mich und zog mich an – denn ich trennte es nicht von der Liebe… Alissas Brief ver-

setzte mich in den verwegensten Begei-
sterungsrausch. Gott weiß, daß ich nur
ihretwegen nach mehr Tugend strebte.
Jeder Pfad, wenn er nur steil war, würde
mich zu ihr führen. Oh, der Weg würde
sich nie zu schnell verengen, um uns beiden nicht noch Platz zu bieten. Doch,
ach, ich ahnte nicht, wie subtil ihre List
war, und bedachte nicht, daß sie mir
auch noch auf einen Gipfel entkommen
könnte.

Ich antwortete ihr ausführlich. Ich erinnere mich nur an den einigermaßen
hellsichtigen Abschnitt meines Briefes:

Ich habe oft den Eindruck, schrieb ich, *daß
meine Liebe das Beste ist, was ich in mir trage;
daß alle meine Tugenden von ihr abhängen;
daß sie mich über mich selbst erhebt und daß
ich ohne sie auf die mäßige Höhe eines ganz
gewöhnlichen Naturells herabsinken würde.
In der Hoffnung, zu Dir zu gelangen, wird
der steilste Pfad mir immer als der beste erscheinen.*

Was hatte ich hinzugefügt, das sie veran-
lassen konnte, mir dies zu antworten:

Aber, mein Freund, die Heiligkeit ist keine Wahl: sie ist eine Verpflichtung (das Wort war in ihrem Brief dreimal unterstrichen). Wenn Du der bist, für den ich Dich hielt, wirst auch Du Dich ihr nicht entziehen können.

Das war alles. Ich begriff, ahnte vielmehr, daß dies das Ende unseres Briefwechsels war und daß kein noch so gewitzter Rat und kein noch so zäher Wille etwas dagegen ausrichten konnten.

Doch ich schrieb wieder, ausführlich, zärtlich. Nach meinem dritten Brief erhielt ich diese Zeilen:

Mein Freund!

Glaube nur nicht, ich hätte irgendeinen Entschluß gefaßt, Dir nicht mehr zu schreiben; mir ist einfach nicht mehr danach zumute. Deine Briefe indessen unterhalten mich noch, doch ich mache es mir mehr und mehr zum Vorwurf, daß ich Dein Denken in solchem Maße beschäftige.

Der Sommer ist nicht mehr fern. Laß uns eine Zeitlang darauf verzichten, Briefe zu schreiben, und komm Du in den letzten vierzehn

Tagen des Septembers zu mir nach Fongueuse-
mare. Ich werde Dein Schweigen als Zustim-
mung nehmen und wünsche also, daß Du mir
nicht antwortest.

Ich antwortete nicht. Bestimmt war dieses Schweigen nur eine letzte Prüfung,
der sie mich unterwarf. Als ich nach
einigen Monaten Arbeit und dann einigen Wochen des Reisens wieder nach
Fongueusemare kam, geschah es in der
ruhigsten Gewißheit.

Wie soll ich durch eine bloße Erzählung sogleich verständlich machen,
was ich mir zunächst selbst so schwer
erklären konnte? Was kann ich hier anderes schildern als den Anlaß der Verzweiflung, der ich von nun an gänzlich
nachgab? Denn wenn ich mir auch heute
nicht verzeihen kann, daß ich unter dem
Deckmantel künstlichsten Scheins nicht
immer noch die Liebe zucken fühlte, so
sah ich doch zunächst nur diesen Schein,
und da ich meine Freundin nicht wieder-
fand, klagte ich sie an… Nein, selbst da
klagte ich Sie nicht an, Alissa, sondern
weinte verzweifelt, weil ich Sie nicht

wiedererkannte! Muß ich Sie nun, da ich die Kraft Ihrer Liebe an der Tücke Ihres Schweigens und Ihrer grausamen List messe, um so mehr lieben, als Sie mich in furchtbarere Trostlosigkeit gestürzt haben ...?

Verachtung? Kälte? Nein; nichts, das sich besiegen ließe; nichts, wogegen ich auch nur kämpfen könnte, und manchmal schwankte ich, zweifelte, ob ich mein Elend nicht erfand, so subtil war der Grund, und so geschickt leugnete Alissa, es zu verstehen. Worüber hätte ich mich denn beklagen sollen? Sie empfing mich lächelnder denn je; nie hatte sie sich beflissener, zuvorkommender gezeigt; am ersten Tag ließ ich mich fast täuschen ... Was tat es schließlich, daß eine neue Frisur, anliegend und glatt, die Züge ihres Gesichts härter machte, als sollte sein Ausdruck verfälscht werden; daß eine unvorteilhafte düstere Bluse aus einem häßlich anzufassenden Stoff den zarten Rhythmus ihres Körpers störte ... Das war nichts, dem sie nicht hätte abhelfen können, und schon morgen, dachte ich blind, würde sie von selbst oder auf mein

Ersuchen hin…Trauriger stimmten mich
diese Zuvorkommenheit, diese Beflissenheit, die so ungewohnt waren zwischen uns und worin ich mehr Vorsatz
als Bedürfnis zu sehen fürchtete, und, ich
wage es kaum zu sagen: mehr Höflich-
keit als Liebe.

Als ich abends in den Salon trat, wunderte ich mich, den Flügel nicht mehr an
seinem gewohnten Platz zu finden; auf
meinen enttäuschten Ausruf antwortete
Alissa mit vollkommen ruhiger Stimme:
«Der Flügel muß überholt werden, mein
Freund.»

«Ich habe es dir doch immer wieder
gesagt, mein Kind», sagte mein Onkel in
einem fast strengen, vorwurfsvollen Ton.
«Da er dir bisher auch genügt hat, hättest
du damit warten können, bis Jérôme
wieder abgereist wäre; deine Eile bringt
uns um ein großes Vergnügen…»

«Aber, Vater», sagte sie und wandte
sich errötend ab, «ich versichere dir, er
klang in der letzten Zeit so dünn, daß
selbst Jérôme nichts hätte herausholen
können.»

«Wenn du darauf spieltest, schien er nicht so schlecht.»

Sie blieb einige Augenblicke ins Dunkel gebeugt, als wäre sie damit beschäftigt, für einen Sesselüberzug Maß zu nehmen, dann verließ sie abrupt das Zimmer und erschien erst später wieder, um auf einem Tablett den Kräutertee zu bringen, den mein Onkel jeden Abend zu trinken pflegte.

Am nächsten Tag trug sie weder eine andere Frisur noch eine andere Bluse; sie saß neben ihrem Vater auf einer Bank vor dem Haus und nahm die Näharbeit oder vielmehr Stopfarbeit wieder auf, mit der sie schon am Abend beschäftigt gewesen war. Aus einem großen Korb, der neben ihr auf der Bank oder dem Tisch stand, holte sie dünn gewordene Strümpfe und Socken. Einige Tage später waren es Handtücher und Bettwäsche... Diese Arbeit nahm sie anscheinend so vollständig in Anspruch, daß ihre Lippen jeden Ausdruck und ihre Augen jeden Glanz verloren.

«Alissa!» rief ich am ersten Abend

aus, beinahe entsetzt über die Entzauberung dieses Gesichts, das ich kaum wiedererkannte und seit einiger Zeit anstarrte, ohne daß sie meinen Blick zu spüren schien.

«Was denn?» sagte sie und hob den Kopf.

«Ich wollte sehen, ob du mich hören würdest. Deine Gedanken schienen so weit weg von mir.»

«Nein, ich bin da... aber diese Ausbesserungen verlangen viel Aufmerksamkeit.»

«Soll ich dir nicht vorlesen, während du nähst?»

«Ich fürchte, daß ich nicht sehr gut zuhören kann.»

«Warum suchst du dir eine Arbeit aus, die dich so beansprucht?»

«Es muß sie doch jemand tun.»

«Es gibt so viele arme Frauen, die sich damit ihr Brot verdienen könnten. Du zwingst dich doch nicht aus Sparsamkeit zu dieser undankbaren Arbeit?»

Sogleich versicherte sie mir, daß ihr keine Tätigkeit mehr Vergnügen mache, daß sie schon lange nichts anderes mehr getan habe, weshalb sie sicherlich alles Geschick verloren habe... Sie lächelte, während sie sprach. Nie war ihre Stimme sanfter gewesen als nun, da sie mich so traurig machte. «Was ich da sage, ist doch ganz normal», schien ihr Gesicht auszudrücken, «warum sollte dich das betrüben?» – Und der Widerspruch meines Herzens kam mir nicht mehr über die Lippen, sondern erstickte mich.

Am übernächsten Tag hatten wir Rosen gepflückt, und sie forderte mich auf, sie in ihr Zimmer zu tragen, das ich dieses Jahr noch nicht betreten hatte. Welche Hoffnungen machte ich mir sogleich! Denn noch warf ich mir meine Traurigkeit vor; ein Wort von ihr hätte mein Herz geheilt.

Ich betrat dieses Zimmer nie ohne Ergriffenheit. Irgend etwas dort verbreitete einen gewissermaßen melodischen Frieden, in dem ich Alissa erkannte. Der blaue Schatten der Vorhänge am Fenster und um das Bett, die Möbel aus glänzendem Mahagoni, die Ordnung, die Sauberkeit, die Stille, alles erzählte meinem

Herzen von ihrer Reinheit und ihrer nachdenklichen Anmut.

An jenem Morgen wunderte ich mich, an der Wand neben ihrem Bett nicht mehr die beiden großen Drucke von Masaccio[25] zu sehen, die ich aus Italien mitgebracht hatte; ich wollte sie fragen, was aus ihnen geworden war, als mein Blick gleich daneben auf das Bücherbord fiel, wo sie ihre Lieblingsbücher aufstellte. Diese kleine Bibliothek war allmählich entstanden, teils aus den Büchern, die ich ihr geschenkt hatte, teils aus anderen, die wir miteinander gelesen hatten. Ich bemerkte, daß diese Bücher allesamt entfernt und ausschließlich durch belanglose und ganz gewöhnliche Andachtsbändchen ersetzt worden waren, für die sie doch, wie ich hoffte, nichts als Verachtung übrig hatte. Ich blickte auf und sah, daß Alissa lachte – ja, lachte, während sie mich beobachtete.

«Bitte, verzeih mir», sagte sie sogleich, «dein Gesicht hat mich zum Lachen gebracht; es hat sich so plötzlich verzerrt, als du meine Bücher sahst…»

Mir war gar nicht nach Scherzen zumute. «Nein, wirklich, Alissa, ist das jetzt deine Lektüre?»

«Aber ja... Worüber wunderst du dich?»

«Ich dachte, ein Geist, der an gehaltvolle Nahrung gewöhnt ist, könnte derart Abgeschmacktes nicht mehr zu sich nehmen, ohne daß ihm übel wird.»

«Ich verstehe dich nicht», sagte sie. «Das sind demütige Seelen, die mit mir einfach sprechen, die sich ausdrücken, so gut sie können, und in deren Gesellschaft ich mich wohl fühle. Ich weiß von vornherein, daß sie nicht der schönen Sprache aufsitzen und ich, wenn ich sie lese, nicht der weltlichen Bewunderung nachgebe.»

«Liest du denn nur noch das?»

«Fast. Ja, seit einigen Monaten. Im übrigen finde ich nicht mehr viel Zeit zum Lesen. Und ich muß gestehen, als ich erst kürzlich wieder einen jener großen Schriftsteller vornehmen wollte, die zu bewundern du mich gelehrt hast, da kam ich mir vor wie derjenige, von dem die Heilige Schrift spricht, der sich be-

müht, seiner Größe eine Elle hinzuzu-
fügen.[26]»

«Wer ist dieser ‹große Schriftsteller›,
der dir eine so eigenartige Meinung über
dich gegeben hat?»

«Nicht er hat sie mir gegeben; aber
sie entstand bei mir, während ich ihn las.
Es war Pascal[27]... Ich war vielleicht auf
irgendeinen weniger guten Abschnitt
gestoßen...»

Ich machte eine ungeduldige Gebärde. Sie sprach mit klarer, eintöniger
Stimme, als würde sie eine Lektion her-
sagen, und hob die Augen nicht mehr
von den Blumen, die sie endlos ordnete.

Bei meiner Gebärde hielt sie einen
Augenblick inne, dann fuhr sie im gleichen Ton fort: «So viel Bombast erstaunt
und so viel Anstrengung, um damit so
wenig zu beweisen. Manchmal frage ich
mich, ob sein pathetischer Ton nicht
eher vom Zweifel herrührt als vom Glauben. Der vollkommene Glaube hat nicht
so viele Tränen und kein solches Zittern
in der Stimme.»

«Gerade dieses Zittern und diese Tränen machen die Schönheit dieser Stim-

me aus», versuchte ich zu erwidern, mutlos jedoch, denn ich erkannte in diesen Worten nichts von dem, was ich an Alissa liebte. Ich gebe sie wieder, wie ich mich an sie erinnere, ohne nachträglich Kunst oder Logik hineinzubringen.

«Wenn er nicht zuerst das gegenwärtige Leben der Freude beraubt hätte, würde es schwerer wiegen als…»

«Als was?» fragte ich, verblüfft von ihrer seltsamen Rede.

«…als die ungewisse Glückseligkeit, die er anbietet.»

«Glaubst du denn nicht daran?» rief ich aus.

«Was hat das zu sagen!» erwiderte sie; «ich möchte, daß sie ungewiß bleibt, damit jeder Verdacht auf Handel ausgeschlossen ist. Aus natürlichem Adel und nicht aus Hoffnung auf den Lohn wird die für Gott eingenommene Seele sich in die Tugend versenken.»

«Daher jener heimliche Skeptizismus, in welchen sich der Adel eines Pascal flüchtet.»

«Nicht Skeptizismus: Jansenismus[28]», sagte sie lächelnd. «Was habe ich damit

183

zu tun? Die armen Seelen hier» – und sie wandte sich zu ihren Büchern um – «wären sehr in Verlegenheit, wenn sie sagen sollten, ob sie Jansenisten oder Quietisten[29] oder sonst irgend etwas sind. Sie neigen sich vor Gott wie Gräser, die der Wind niederdrückt, ohne Arg, ohne Wirrsal, ohne Schönheit. Sie halten sich für wenig bedeutend und wissen, daß sie nur ihrem Verblassen vor Gott einen gewissen Wert verdanken.»

«Alissa!» rief ich, «weshalb reißt du dir die Flügel aus?»

Ihre Stimme blieb so ruhig und natürlich, daß mir mein emphatischer Ausruf nur um so lächerlicher erschien.

Sie lächelte erneut und schüttelte den Kopf. «Alles, was ich von diesem letzten Besuch bei Pascal behalten habe...»

«Was denn?» fragte ich, denn sie hielt inne.

«Das ist das Wort Christi: ‹Wer sein Leben gewinnen will, der wird es verlieren.›[30] Das übrige», fügte sie mit noch stärkerem Lächeln hinzu und blickte mir ins Gesicht, «habe ich wahrhaftig kaum noch verstanden. Wenn man einige Zeit in der Gesellschaft dieser Kleinen gelebt hat, gerät man angesichts der Erhabenheit der Großen erstaunlich schnell außer Atem.»

Würde ich in meiner Bestürzung keine Antwort finden...?

«Wenn ich heute mit dir all diese Predigten, diese Betrachtungen lesen sollte...»

«Aber ich wäre untröstlich, wenn ich sähe, daß du sie liest!» unterbrach sie mich. «Denn ich glaube wirklich, daß du für weit Besseres als das geschaffen bist.»

Sie sprach ganz einfach, und offenbar ohne zu ahnen, daß diese Worte, die nun unsere beiden Leben trennten, mir das Herz zerreißen könnten. Mein Kopf glühte; ich hätte noch weiter reden und weinen mögen; vielleicht wäre sie durch meine Tränen besiegt worden; doch ich blieb wortlos, die Ellbogen auf den Kamin gestützt, die Stirn in den Händen. Sie ordnete ruhig weiter ihre Blumen und sah nichts von meinem Schmerz oder tat so, als sähe sie nichts...

In diesem Augenblick läutete es das erste Mal zum Essen.

«Niemals werde ich rechtzeitig fertig werden», sagte sie. «Laß mich schnell allein.» Und als hätte es sich nur um ein Spiel gehandelt: «Wir werden das Gespräch später fortsetzen.»

Das Gespräch wurde nicht fortgesetzt. Alissa entwischte mir unaufhörlich; nicht daß sie mir je auszuweichen schien; doch jede zufällige Beschäftigung erwies sich sogleich als eine Pflicht von viel dringenderer Wichtigkeit. Ich wurde auf die Ränge verwiesen; ich kam erst nach den immer wieder neu entstehenden Aufgaben des Haushalts, nach der Überwachung der Arbeiten, die an der Scheune vorgenommen werden mußten, nach den Besuchen bei den Bauern, den Besuchen bei den Armen, um die sie sich immer mehr kümmerte. Für mich war die übrige Zeit, sehr wenig; ich sah sie immer nur geschäftig – aber vielleicht spürte ich durch diese kleinen Sorgen und weil ich darauf verzichtete, Alissa zu verfolgen, noch am wenigsten, wie sehr sie mir entzogen war. Die geringste Unterhaltung zeigte es mir deutlicher. Wenn

Alissa mir ein paar Augenblicke gewähr-
te, dann geschah es tatsächlich nur für
ein höchst unbeholfenes Gespräch, an
dem sie teilnahm wie an einem kind-
lichen Spiel. Sie ging schnell an mir vorbei, zerstreut und lächelnd, und ich fühlte, daß sie mir ferner war, als wenn ich
sie nie gekannt hätte. Manchmal glaubte
ich sogar in ihrem Lächeln eine Herausforderung zu sehen, zumindest eine gewisse Ironie, und daß es ihr Vergnügen
machte, so meinem Begehren auszuweichen... Dann klagte ich sofort mich
selbst an, wollte mich nicht zu Vor-
würfen hinreißen lassen und wußte auch
gar nicht mehr, was ich von ihr erwartet
hätte oder was ich ihr vorwerfen könnte.

So vergingen die Tage, von denen ich
mir so viel Glückseligkeit versprochen
hatte. Ich sah bestürzt zu, wie sie dahin-
schwanden, doch ich hätte weder ihre
Zahl vermehren noch ihren Lauf aufhal-
ten wollen, so sehr verschlimmerte jeder
von ihnen meine Pein. Zwei Tage vor
meiner Abreise aber, als Alissa mich zur
Bank bei der verlassenen Mergelgrube

begleitet hatte – es war ein klarer Herbstabend, an dem man bis zum ne- bellosen Horizont und in der Vergan- genheit bis zur schwebendsten Erinne- rung in Bläue getaucht jede Einzelheit unterschied –, konnte ich meine Klage nicht zurückhalten und ließ sehen, um welches Glück ich trauerte und wie diese Trauer heute mein Unglück aus- machte.

«Aber was kann ich denn tun, mein Freund?» sagte sie sofort. «Du verliebst dich in ein Phantom.»

«Nein, nicht in ein Phantom, Alissa.»

«In eine Phantasiegestalt.»

«Leider erfinde ich sie nicht. Sie war meine Freundin. Ich rufe sie in Erinne- rung. Alissa! Alissa! Sie waren es, die ich liebte. Was haben Sie aus sich gemacht? Was haben Sie aus sich werden lassen?»

Sie schwieg einige Augenblicke mit gesenktem Kopf und zupfte langsam ei- ner Blume die Blütenblätter aus. Dann antwortete sie endlich: «Jérôme, warum gibst du nicht ganz einfach zu, daß du mich weniger liebst?»

«Weil es nicht wahr ist! Weil es nicht

wahr ist», rief ich empört, «weil ich dich noch nie mehr geliebt habe.»

«Du liebst mich... und doch trauerst du mir nach!» sagte sie, zuckte ein wenig mit den Schultern und versuchte zu lächeln.

«Ich kann meine Liebe nicht zum Vergangenen legen.»

Der Boden gab unter mir nach; und ich klammerte mich an alles...

«Sie wird doch mit dem übrigen vergehen müssen.»

«Eine solche Liebe wird erst mit mir vergehen.»

«Sie wird langsam nachlassen. Die Alissa, die du zu lieben behauptest, besteht bereits nur noch in deiner Erinnerung, und der Tag wird kommen, an dem du dich nur noch daran erinnern wirst, sie geliebt zu haben.»

«Du redest, als könnte sie nichts in meinem Herzen ersetzen oder als müßte mein Herz aufhören zu lieben. Erinnerst du dich nicht mehr an deine Liebe zu mir, daß du ein solches Vergnügen daran finden kannst, mich zu quälen?»

Ich sah, wie ihre bleichen Lippen zitterten; mit fast unhörbarer Stimme murmelte sie: «Nein, nein; das hat sich in Alissa nicht geändert.»

«Dann hätte sich ja nichts geändert», sagte ich und ergriff sie am Arm...

Mit größerer Sicherheit fuhr sie fort: «Ein Wort würde alles erklären; warum hast du denn nicht den Mut, es auszusprechen?»

«Welches?»

««Ich bin älter geworden.»»

«Schweig...»

Ich beteuerte sogleich, daß ich ebensoviel älter geworden sei wie sie, daß der Altersunterschied zwischen uns derselbe bleibe... doch sie hatte sich wieder gefaßt; der einmalige Augenblick war vorbei, und indem ich mich so zur Diskussion hinreißen ließ, verspielte ich jeden Vorteil: ich verlor den Boden unter den Füßen.

Zwei Tage später verließ ich Fongueusemare, unzufrieden mit ihr und mit mir selbst, erfüllt von einem unbestimmten Haß auf das, was ich noch «Tugend» nannte, und voller Groll gegen die alltägliche Beschäftigung meines Herzens. Es war, als hätte ich bei diesem letzten Wiedersehen und gerade durch die Übersteigerung meiner Liebe all meine Glut verbraucht; jeder einzelne von Alissas Sätzen, gegen die ich mich zunächst aufgelehnt hatte, blieb lebendig und triumphierend in mir zurück, nachdem meine Beteuerungen verstummt waren. Ja, sicher hatte sie recht! Ich hing nur noch an einem Phantom; die Alissa, die ich geliebt hatte, die ich immer noch liebte, war nicht mehr… Ja, sicher waren wir älter geworden! Diese schreckliche Entzauberung, vor der mein ganzes Herz zu Eis erstarrte, war schließlich nichts anderes als die Rückkehr zum Normalen; wenn ich sie allmählich erhöht hatte, wenn ich sie zu meinem Idol gemacht und sie mit allem ausgestattet hatte, was mich begeisterte, was blieb von meiner Mühe – außer meiner Erschöpfung…? Sich selbst überlassen, war Alissa alsbald auf ihr Niveau zurückgefallen, ein mittelmäßiges Niveau, auf dem ich mich selbst befand, wo ich sie aber nicht mehr begehrte. Ach, wie unsinnig und trügerisch erschien mir dieses zermürbende Streben nach Tugend, um ihr auf jene Höhen nachzukommen, wohin allein mein Bemühen sie gestellt hatte. Etwas weniger Hochmut, und unsere Liebe wäre einfach gewesen... doch was bedeutete nun das Beharren auf einer Liebe ohne Gegenstand? Das war Starrsinn, das war nicht mehr Treue. Treue? – Zu einem Irrtum. War es nicht am klügsten, mir einzugestehen, daß ich mich getäuscht hatte...?

Da ich indessen nun für die École d'Athènes [31] vorgeschlagen worden war, willigte ich sofort ein, dorthin zu gehen, ohne Ehrgeiz, ohne Neigung, doch der Gedanke an diese Abreise machte mich froh wie die Aussicht auf ein Entrinnen.

VIII

Dennoch sah ich Alissa noch einmal wieder... Es war drei Jahre später, gegen Ende des Sommers. Zehn Monate zuvor hatte ich durch sie vom Tod meines Onkels erfahren. Ein ziemlich langer Brief, den ich ihr sogleich aus Palästina geschrieben hatte, denn dort war ich damals auf Reisen, war unbeantwortet geblieben...

Ich habe vergessen, unter welchem Vorwand ich, als ich mich in Le Havre befand, wie selbstverständlich weiter nach Fongueusemare fuhr. Ich wußte, daß ich dort Alissa antreffen würde, fürchtete aber, daß sie nicht allein war. Ich hatte mein Kommen nicht angekündigt; der Gedanke, wie ein gewöhnlicher Besuch zu erscheinen, widerstrebte mir, und so war ich unschlüssig: Sollte ich eintreten? Oder sollte ich nicht lieber wieder abfahren, ohne daß ich sie gesehen hätte, ohne daß ich versucht hätte, sie zu sehen? – Ja, zweifellos; ich würde nur in der

Allee spazierengehen, mich auf die Bank
setzen, wo sie vielleicht noch manchmal
saß... und ich überlegte schon, welches
Zeichen ich hinterlassen könnte, aus
dem sie ersehen würde, daß ich dagewe-
sen bin, wenn ich schon wieder abgereist
wäre... Mit solchen Gedanken ging ich
langsam weiter, und nachdem ich beschlossen hatte, sie nicht zu sehen, wich
die etwas bittere Traurigkeit, die mein
Herz zusammenschnürte, einer fast sü-
ßen Melancholie. Ich hatte bereits die
Allee erreicht, und aus Furcht, entdeckt
zu werden, ging ich einen der Seiten-
wege neben der Böschung, die den Päch-
terhof begrenzte. Ich kannte eine Stelle
der Böschung, von der aus man den
Park einsehen konnte; dort stieg ich hinauf. Ein Gärtner, den ich nicht wiedererkannte, harkte einen Weg und verschwand bald aus meinem Blickfeld. Ein
neues Gatter versperrte den Hof. Der
Hund bellte, als er mich vorbeigehen
hörte. Weiter hinten, wo die Allee aufhörte, wandte ich mich nach rechts, da
ich die Parkmauer sah, und wollte diesen
Teil des Buchenhains, der sich parallel

zu der eben verlassenen Allee erstreckt, betreten, als mir vor der kleinen Tür des Gemüsegartens plötzlich der Gedanke kam, von dort in den Park zu gehen.

Die Tür war verschlossen. Der innere Riegel setzte mir jedoch nur einen recht schwachen Widerstand entgegen, und ich wollte ihn mit einem Stoß der Schulter brechen... In diesem Augenblick hörte ich Schritte; ich verbarg mich in der Mauernische.

Ich konnte nicht sehen, wer aus dem Garten kam; doch ich hörte, ich fühlte, daß es Alissa war. Sie machte drei Schritte, rief leise: «Bist du es, Jérôme?»

Mein heftig schlagendes Herz blieb stehen, und da aus meiner zugeschnürten Kehle kein Wort heraus konnte, wiederholte sie lauter: «Jérôme! Bist du es?»

Als ich sie so nach mir rufen hörte, wurde die Erregung, die mich überkam, so stark, daß ich auf die Knie fiel. Da ich noch immer nicht antwortete, ging Alissa ein paar Schritte, bog um die Mauer, und plötzlich fühlte ich sie dicht bei mir – bei mir, der ich mein Gesicht mit dem Arm verdeckte, als fürchtete ich

mich, sie gleich zu sehen. Sie blieb einige
Augenblicke über mich gebeugt, während ich ihre zarten Hände mit Küssen
bedeckte.

«Warum hast du dich versteckt?» fragte sie mich so einfach, als hätten diese
drei Jahre der Trennung nur ein paar
Tage gedauert.

«Woher hast du gewußt, daß ich es
bin?»

«Ich habe dich erwartet.»

«Du hast mich erwartet?» sagte ich, so
überrascht, daß ich nur fragend ihre Worte wiederholen konnte...

Und da ich immer noch kniete, fuhr
sie fort: «Laß uns zur Bank gehen. Ja, ich
wußte, daß ich dich noch einmal sehen
sollte. Seit drei Tagen komme ich jeden
Abend hierher und rufe dich, wie ich es
heute getan habe... Warum hast du
nicht geantwortet?»

«Wenn du mich nicht entdeckt hättest, wäre ich abgereist, ohne dich gesehen zu haben», sagte ich, während
ich meiner Erregung trotzte, gegen die
ich mich zunächst nicht hatte wehren
können. «Ich kam durch Le Havre und

wollte nur einen Spaziergang durch die Allee machen, um den Park herum gehen, mich einen Augenblick auf der Bank bei der Mergelgrube ausruhen, wo du, so dachte ich, noch manchmal sitzt, und dann...»

«Sieh, was ich hier seit drei Abenden lese», unterbrach sie mich und reichte mir ein Bündel Briefe; ich erkannte, daß es die waren, die ich ihr aus Italien geschrieben hatte. Erst jetzt blickte ich auf zu ihr. Sie war außerordentlich verändert; ihre Magerkeit, ihre Bläße gingen mir schrecklich zu Herzen. Sie stützte sich schwer auf meinen Arm und drückte sich an mich, als hätte sie Angst oder als würde sie frieren. Sie war noch ganz in Trauer, und die schwarze Spitze, die sie als Kopfbedeckung trug und die ihr Gesicht einrahmte, steigerte zweifellos ihre Blässe noch. Sie lächelte, schien aber am Ende ihrer Kraft. Besorgt wollte ich wissen, ob sie zur Zeit allein in Fongueusemare sei. Nein; Robert lebte hier mit ihr; Juliette, Édouard und deren drei Kinder hatten den August bei ihnen verbracht... Wir waren bei der Bank angelangt; wir setzten uns, und das Gespräch schleppte sich noch eine Weile mit banalen Mitteilungen dahin. Sie erkundigte sich nach meiner Arbeit. Ich antwortete widerwillig. Ich hätte gewünscht, sie möge fühlen, daß meine Arbeit mich nicht mehr interessierte. Ich hätte sie gern enttäuscht, so wie sie mich enttäuscht hatte. Ich weiß nicht, ob es mir gelang, doch sie ließ sich nichts anmerken. Ich dagegen, zugleich voller Groll und voller Liebe, bemühte mich, auf die nüchternste Art und Weise mit ihr zu sprechen, und verübelte mir die Erregung, die manchmal meine Stimme zittern ließ.

Die sinkende Sonne, die seit einer Weile von einer Wolke verdeckt war, erschien noch einmal fast genau uns gegenüber am Rand des Horizonts und übergoß die abgeernteten Felder mit flirrender Pracht, erfüllte das enge Tal zu unseren Füßen mit plötzlicher Üppigkeit; dann verschwand sie. Ich saß da, geblendet, ohne ein Wort zu sagen; ich fühlte mich umhüllt, durchdrungen von dieser goldenen Ekstase, in der sich mein

Groll auflöste, und ich vernahm in mir nur noch die Liebe.

Alissa, die gebeugt an mich gelehnt war, richtete sich auf; sie zog ein kleines, in dünnes Papier gewickeltes Päckchen aus ihrer Bluse, machte Anstalten, es mir zu geben, hielt inne, schien unschlüssig und sagte dann, als ich sie überrascht ansah: «Hör zu, Jérôme, ich habe hier mein Amethystkreuz; seit drei Abenden trage ich es bei mir, weil ich es dir schon lange geben wollte.»

«Was soll ich denn damit?» sagte ich ziemlich schroff.

«Du sollst es zum Andenken an mich aufbewahren, für deine Tochter.»

«Welche Tochter?» rief ich und sah Alissa an, ohne sie zu verstehen.

«Höre mir ganz ruhig zu, ich bitte dich; nein, sieh mich nicht so an, sieh mich nicht an. Es fällt mir so schon sehr schwer, mit dir zu sprechen; dies aber will ich dir unbedingt sagen. Höre, Jérôme, eines Tages wirst du doch heiraten…? Nein, antworte mir nicht; unterbrich mich nicht, ich flehe dich an. Ich möchte ganz einfach, daß du dich erin-

nerst, daß ich dich sehr geliebt habe,
und... schon seit langem... seit drei Jahren... habe ich gedacht, daß eine Tochter von dir eines Tages dieses kleine
Kreuz, das du liebtest, zum Andenken an
mich tragen sollte, natürlich ohne daß sie
wüßte, wer... und vielleicht könntest du
ihr auch... meinen Namen geben...»
Die Stimme versagte ihr.

Ich rief beinahe feindselig: «Warum
willst du es ihr nicht selbst geben?»

Sie versuchte weiterzusprechen. Ihre
Lippen zitterten wie die eines schluch-
zenden Kindes; sie weinte jedoch nicht.
Das außerordentliche Strahlen der Augen verlieh ihrem Gesicht eine über-
menschliche, engelhafte Schönheit.

«Alissa! Wen sollte ich denn heiraten?
Du weißt doch, daß ich nur dich lieben
kann...» Und plötzlich umarmte ich sie
verzweifelt, beinahe brutal, bedeckte ihre
Lippen mit glühenden Küssen.

Einen Augenblick lag sie halb umge-
sunken und wie hingegeben in meinen
Armen. Ich sah, wie ihr Blick sich ver-
schleierte; dann schlossen sich ihre Lider,
und mit einer Stimme, der für mich an

Reinheit und Wohlklang nichts gleich-
kommen wird, sagte sie: «Hab Erbarmen
mit uns, mein Freund! Ach, zerstöre
unsere Liebe nicht.»

Vielleicht sagte sie noch: «Sei nicht
niederträchtig!», oder vielleicht sagte ich
es mir selbst, ich weiß nicht mehr, doch
plötzlich warf ich mich vor ihr auf
die Knie und umfaßte sie ehrfürchtig:
«Wenn du mich so liebtest, warum hast
du mich dann immer zurückgestoßen?
Sieh doch! Zuerst wartete ich die Hochzeit Juliettes ab; ich habe verstanden, daß
du auch ihr Glück abwartetest. Sie ist
glücklich; du selbst hast es mir gesagt.
Lange habe ich geglaubt, du wolltest
weiter bei deinem Vater leben; doch jetzt
sind wir beide allein.»

«Oh, trauern wir nicht der Vergangenheit nach», murmelte sie. «Damit
habe ich jetzt abgeschlossen.»

«Noch ist Zeit, Alissa.»

«Nein, mein Freund, es ist keine Zeit
mehr. Es war keine Zeit mehr von dem
Tag an, da wir aus Liebe Besseres als die
Liebe füreinander erahnten. Durch dich
hatte mein Traum derartige Höhen er-

klommen, daß jede menschliche Befriedigung ihn hätte absinken lassen. Ich habe oft darüber nachgedacht, wie unser Leben miteinander ausgesehen hätte; sobald sie nicht mehr vollkommen gewesen wäre, hätte ich sie nicht mehr ertragen können... unsere Liebe.»

«Hattest du darüber nachgedacht, wie unser Leben ohne einander aussehen würde?»

«Nein, niemals!»

«Jetzt siehst du es! Seit drei Jahren irre ich ohne dich mühsam umher...»

Es wurde Abend.

«Mir ist kalt», sagte sie und stand auf; sie zog ihr Schultertuch so eng um sich, daß ich ihren Arm nicht mehr nehmen konnte. «Erinnerst du dich an diesen Bibelvers, der uns beunruhigte und den wir nicht richtig zu verstehen fürchteten: ‹Sie haben nicht erlangt, was ihnen verheißen war, weil Gott etwas Besseres für sie zuvor ersehen hat...› [32]»

«Glaubst du immer noch an diese Worte?»

«Man muß doch.»

Wir gingen eine Zeitlang nebeneinanderher, ohne noch etwas zu sagen.

Dann fuhr sie fort: «Kannst du dir das vorstellen, Jérôme: das Bessere!» Und plötzlich liefen ihr die Tränen aus den Augen, während sie wiederholte: «Das Bessere!»

Wir waren von neuem bei der kleinen Tür des Gemüsegartens angelangt, durch die ich sie zuvor hatte herauskommen sehen. Sie drehte sich zu mir um.

«Leb wohl!» sagte sie. «Nein, komm nicht weiter. Leb wohl, mein geliebter Freund. Jetzt wird es beginnen... das Bessere.»

Einen Augenblick sah sie mich an, indem sie mich mit ausgestreckten Armen, die Hände auf meinen Schultern, zugleich festhielt und von sich wegschob, und ihre Augen waren voll namenloser Liebe...

Als die Tür wieder geschlossen war und ich hörte, wie sie hinter sich den Riegel vorschob, fiel ich in äußerster Verzweiflung gegen diese Tür und blieb lange weinend und schluchzend in der Nacht zurück.

Doch sie zurückhalten, die Tür aufbrechen oder irgendwie in das Haus eindringen, das mir ja nicht verschlossen gewesen wäre, nein, noch heute, da ich zurückblicke, um diese ganze Vergangenheit noch einmal zu durchleben... nein, das war mir nicht möglich, und wer mich jetzt nicht versteht, hat mich auch bisher nicht verstanden...

Eine unerträgliche Unruhe veranlaßte mich einige Tage später, Juliette zu schreiben. Ich erzählte ihr von meinem Besuch in Fongueusemare und sagte ihr, wie sehr mich Alissas Blässe und Magerkeit ängstigten; ich flehte sie an, auf sie aufzupassen und mir Nachricht zu geben, die ich von Alissa selbst nicht mehr erwarten konnte.

Weniger als einen Monat später erhielt ich folgenden Brief:

Mein lieber Jérôme!
Ich muß Dir etwas sehr Trauriges mitteilen: unsere arme Alissa ist nicht mehr... Ach, die

Befürchtungen, die Dein Brief zum Ausdruck brachte, waren nur allzu begründet! Seit einigen Monaten ging es ihr, ohne daß sie eigentlich krank war, immer schlechter; auf mein Flehen hin hatte sie zwar eingewilligt, Dr. A. aus Le Havre aufzusuchen, und er schrieb mir, daß ihr nichts Ernstes fehle. Aber drei Tage nach Deinem Besuch hat sie plötzlich Fongueusemare verlassen. Ich erfuhr durch einen Brief Roberts von ihrer Abreise; sie schrieb mir so selten, daß ich ohne ihn gar nichts von ihrer Flucht gewußt hätte, denn ich wäre über ihr Schweigen nicht so schnell beunruhigt gewesen. Ich habe Robert heftige Vorwürfe gemacht, daß er sie so abreisen ließ, daß er sie nicht nach Paris begleitete. Denk Dir, von da an hatten wir keine Adresse mehr von ihr! Du kannst Dir meine Angst vorstellen; unmöglich, sie zu sehen, ja unmöglich, ihr zu schreiben. Robert war wohl einige Tage später in Paris, doch er konnte nichts herausfinden. Er ist so träge, daß wir an seinem Eifer zweifelten. Die Polizei mußte benachrichtigt werden; wir konnten nicht in dieser grausamen Ungewißheit bleiben. Édouard hat sich auch auf die Suche gemacht und schließlich die kleine Klinik entdeckt, in die Alissa sich geflüchtet hatte. Leider

zu spät. Ich erhielt zur gleichen Zeit einen
Brief vom Leiter der Klinik, der mir ihren Tod
mitteilte, und ein Telegramm von Édouard, der
sie nicht einmal mehr hatte sehen können. Am
letzten Tag hatte sie unsere Adresse auf einen
Umschlag geschrieben, damit wir benachrichtigt
würden, und in einen anderen Umschlag hatte
sie die Abschrift des Briefes gesteckt, den sie unserem Notar in Le Havre geschickt hatte und
der ihren Letzten Willen enthielt. Ich glaube,
ein Abschnitt dieses Briefes betrifft Dich; ich
werde ihn Dir in Bälde bekanntgeben. Édouard und Robert haben an der Beerdigung teilnehmen können, die vorgestern stattgefunden
hat. Sie waren nicht die einzigen, die dem Sarg
folgten. Einige Kranke aus der Klinik hatten
an der Feier teilnehmen und den Leichnam
zum Friedhof begleiten wollen. Ich konnte die
Reise leider nicht machen, da ich jeden Tag die
Geburt meines fünften Kindes erwarte.

Mein lieber Jérôme, ich weiß, welchen tiefen
Kummer Dir dieser Tod bereiten wird, und ich
schreibe Dir mit schwerem Herzen. Ich muß
seit zwei Tagen das Bett hüten und kann nur
mit Mühe schreiben, aber ich wollte nicht, daß
ein anderer, auch nicht Édouard oder Robert,
zu Dir von ihr spricht, die wir beide sicherlich

als einzige gekannt haben. Jetzt, da ich eine
beinahe alte Familienmutter bin und viel
Asche die brennende Vergangenheit bedeckt,
kann ich mir wünschen, Dich wiederzusehen.
Wenn Dich eines Tages Deine Arbeit oder Dein
Vergnügen nach Nîmes rufen, dann komm
nach Aigues-Vives. Édouard würde sich freu-
en, Dich kennenzulernen, und wir beide könn-
ten über Alissa sprechen. Leb wohl, mein lieber
Jérôme. Ich umarme Dich sehr traurig.

Einige Tage später erfuhr ich, daß Alissa
Fongueusemare ihrem Bruder überließ,
jedoch darum bat, daß alle Gegenstände
aus ihrem Zimmer und einige Möbel,
die sie aufzählte, Juliette geschickt würden. Ich sollte demnächst Papiere erhalten, die sie in einem versiegelten Umschlag mit meinem Namen hinterlassen
hatte. Ich erfuhr auch noch, daß sie verlangt hatte, man möge ihr das kleine
Amethystkreuz anlegen, das ich bei meinem letzten Besuch zurückgewiesen hatte, und von Édouard hörte ich, daß dies
geschehen war.

Der versiegelte Umschlag, den der
Notar mir schickte, enthielt Alissas Tage-

buch. Ich schreibe hier viele Seiten daraus ab. – Ich schreibe sie kommentarlos
ab. Man wird sich die Gedanken, die ich
mir beim Lesen machte, und die Er-
schütterung meines Herzens zur Genüge
vorstellen; ich könnte sie nur allzu unvollkommen andeuten.

ALISSAS TAGEBUCH

Aigues-Vives – Vorgestern Abreise von Le Havre, gestern Ankunft in Nîmes; meine erste Reise! Da ich mich weder um den Haushalt noch um die Küche zu kümmern brauche, beginne ich in der leichten Untätigkeit, die daraus folgt, heute, am 23. Mai 188*, meinem fünfundzwanzigsten Geburtstag, ein Tagebuch – ohne großen Spaß, nur damit es mir ein bißchen Gesellschaft leistet. Denn ich fühle mich, vielleicht zum ersten Mal in meinem Leben, allein – auf einem anderen, fast fremden Boden, mit dem ich noch nicht Bekanntschaft geschlossen habe. Was er mir zu sagen hat, ist sicherlich das gleiche wie das, was mir die Normandie erzählte und was ich mir in Fongueusemare unermüdlich anhöre – denn Gott ist nirgendwo ein anderer als er selbst –, doch dieser südliche Boden spricht eine Sprache, die ich noch nicht gelernt habe und der ich mit Erstaunen lausche.

24. Mai – Juliette schlummert neben mir auf einer Chaiselongue – in der offenen Veranda, die den Charme dieses Hauses im italienischen Stil ausmacht, auf gleicher Ebene mit dem sandbedeckten Hof, der den Garten fortsetzt... Ohne ihren Liegestuhl zu verlassen, kann Juliette über den hügeligen Rasen bis zum Teich sehen, in dem sich ein buntgeschecktes Entenvolk tummelt und zwei Schwäne segeln. Ein Bach, den, wie es heißt, kein Sommer austrocknet, speist den Teich, fließt dann durch den Garten, der zu einem zunehmend verwilderten Gehölz wird, verengt sich dann mehr und mehr zwischen dem trockenen Gebüsch und den Weinbergen und versiegt bald völlig.

... Édouard Teissières hat gestern meinem Vater den Garten, das Gehöft, die Keller, die Weinberge gezeigt, während ich bei Juliette blieb – so daß ich heute morgen in aller Frühe allein meinen ersten Erkundungsspaziergang im Garten machen konnte. Viele unbekannte Pflanzen und Bäume, deren Namen ich doch gerne gewußt hätte. Ich pflücke von allen ein Zweiglein ab, um mir beim Mittagessen sagen zu lassen, wie sie heißen. In diesen hier erkenne ich die Steineichen, die Jérôme bei der Villa Borghese oder Doria Pamphili so bewunderte... so ferne Verwandte unserer Bäume des Nordens – von so anderem Ausdruck; sie schützen fast am Ende des Gartens eine schmale, geheimnisvolle Lichtung und neigen sich über einen Rasen, der weich ist unter den Füßen und den Chor der Nymphen einlädt. Ich staune, erschrecke fast darüber, daß mein in Fongueusemare so tief christliches Gefühl für die Natur hier gegen meinen Willen ein wenig mythologisch wird. Doch diese Art Furcht, die mich immer mehr bedrückte, war noch religiös. Ich murmelte die Worte: *«Hic nemus.»*[33] Die Luft war kristallklar, eine seltsame Stille herrschte. Ich dachte an Orpheus, an Armida[34], als plötzlich ein Vogelgesang, ein einzelner, sich erhob, so nahe bei mir, so pathetisch, so rein, daß es mir plötzlich schien, als erwartete ihn die ganze Natur. Mein Herz schlug sehr heftig; ich stand einen Augenblick an einen Baum gelehnt, dann ging ich zurück, bevor noch jemand aufgestanden war.

26. Mai – Immer noch ohne Nachricht von Jérôme. Wenn er mir nach Le Havre geschrieben hätte, wäre mir sein Brief nachgeschickt worden... Nur diesem Heft kann ich meine Unruhe anvertrauen; weder die Fahrt nach Les Baux gestern noch das Gebet seit drei Tagen konnten mich einen Augenblick lang von ihm ablenken. Heute kann ich hier nichts anderes schreiben; die seltsame Melancholie, an der ich seit meiner Ankunft in Aigues-Vives leide, hat vielleicht keinen anderen Grund – doch ich fühle sie so tief in mir, daß es mir jetzt so vorkommt, als wäre sie schon lange da und als würde die Freude, auf die ich stolz zu sein vorgab, sie nur zudecken.

27. Mai – Warum sollte ich mich selbst belügen? Ich freue mich über Juliettes Glück aufgrund einer Überlegung. Dieses Glück, das ich ihr so sehr gewünscht habe, daß ich mich sogar erbot, ihr mein

Glück zu opfern, ich leide darunter, es mühelos erlangt zu sehen und anders, als sie und ich uns vorstellten, daß es sein müsse. Wie kompliziert das ist! Doch... ich erkenne wohl, daß eine abscheuliche Wiederkehr des Egoismus daran Anstoß nimmt, daß sie ihr Glück anderswo als in meinem Opfer gefunden hat – daß sie mein Opfer nicht gebraucht hat, um glücklich zu sein.

Und ich frage mich jetzt, da ich spüre, in welche Unruhe Jérômes Schweigen mich versetzt: War dieses Opfer in meinem Herzen wirklich vollzogen? Ich bin wie gedemütigt, daß Gott es nicht mehr von mir fordert. War ich denn nicht dazu imstande?

28. Mai – Wie gefährlich ist diese Analyse meiner Traurigkeit! Schon hänge ich an diesem Heft. Sollte die Koketterie, die ich besiegt glaubte, hier wieder ihr Recht fordern? Nein; dieses Tagebuch möge nicht der gefällige Spiegel sein, vor dem meine Seele sich zurechtmacht! Nicht aus Untätigkeit, wie ich zunächst glaubte, sondern aus Traurigkeit schreibe ich. Die Traurigkeit ist ein *Zustand der Sünde,* den ich nicht mehr kannte, den ich hasse, von dem ich mein Herz entwirren will. Dieses Heft soll mir helfen, das Glück wiederzuerlangen.

Die Traurigkeit ist eine Verwirrung. Mein Glück versuchte ich nie zu analysieren.

In Fongueusemare war ich auch sehr allein, noch mehr allein... warum fühlte ich es denn nicht? Und als Jérôme mir aus Italien schrieb, akzeptierte ich, daß er ohne mich sah, daß er ohne mich lebte, ich folgte ihm in Gedanken und machte seine Freude zu der meinen. Ich rufe ihn jetzt gegen meinen Willen; ohne ihn ist mir alles, was ich an Neuem sehe, eine Last...

10. Juni – Lange Unterbrechung dieses kaum begonnenen Tagebuchs; Geburt der kleinen Lise; lange Abende bei Juliette; es macht mir kein Vergnügen, hier all das aufzuschreiben, was ich Jérôme schreiben kann. Ich möchte mich hüten vor jenem unerträglichen Fehler, der so vielen Frauen gemeinsam ist:

zuviel zu schreiben. Dieses Heft als ein
Mittel der Vervollkommnung betrach-
ten.

*Es folgten mehrere Seiten mit Notizen, die bei
der Lektüre gemacht worden waren, abgeschrie-
benen Passagen und so weiter. Dann, wieder
aus Fongueusemare datiert:*

16. Juli – Juliette ist glücklich; sie sagt es,
scheint es zu sein; ich habe kein Recht,
keinen Grund, daran zu zweifeln…
Woher kommt in mir jetzt, wenn ich bei
ihr bin, dieses Gefühl von Unzufrieden-
heit, von Unbehagen? – Vielleicht daher,
daß ich diese Glückseligkeit als so prak-
tisch, so leicht errungen, so vollkommen
«nach Maß» empfinde, daß es den Anschein hat, sie beenge die Seele und er-
sticke sie…

Und ich frage mich jetzt, ob ich mir
wirklich das Glück wünsche oder vielmehr den Weg zum Glück. O Herr! Bewahre mich vor einem Glück, das ich
allzu schnell erreichen könnte! Lehre
mich, mein Glück zu verzögern, bis zu
Dir aufzuschieben.

Danach waren zahlreiche Seiten herausgerissen worden; zweifellos erzählten sie unser schmerzliches Wiedersehen in Le Havre. Das Tagebuch ging erst im folgenden Jahr weiter; nicht datierte Blätter, die aber sicher während meines Aufenthalts in Fongueusemare geschrieben worden waren.

Manchmal, wenn ich ihn reden höre, glaube ich, mir beim Denken zuzusehen. Er erklärt und entdeckt mich mir selbst. Würde es mich ohne ihn geben? Nur mit ihm bin ich ...

Manchmal frage ich mich, ob das, was ich für ihn empfinde, wirklich das ist, was man Liebe nennt – so sehr unterscheidet sich das Bild, das gewöhnlich von der Liebe gezeichnet wird, von dem, das ich davon liefern könnte. Ich wollte, daß nichts darüber gesagt wäre, und ihn lieben, ohne zu wissen, daß ich ihn liebe. Vor allem wollte ich ihn lieben, ohne daß er es wüßte.

Nichts macht mir mehr Freude von all dem, was ich ohne ihn erleben muß. All meine Tugend ist nur da, um ihm zu gefallen, und doch fühle ich, wie in

seiner Nähe meine Tugend schwach
wird.

Ich lernte gern Klavier spielen, weil mir
schien, ich könnte jeden Tag ein wenig
weiterkommen. Das ist vielleicht auch
das Geheimnis des Vergnügens, mit dem
ich ein fremdsprachiges Buch lese; nicht
daß ich irgendeine Sprache der unseren
vorziehe oder meine, daß diejenigen unserer Schriftsteller, die ich bewundere,
den ausländischen in irgend etwas nach-
stehen – doch die leichte Schwierigkeit
beim Verfolgen des Sinns und des Ge-
fühlsgehalts, der unbewußte Stolz vielleicht, sie zu überwinden und immer besser zu überwinden, fügt dem geistigen
Vergnügen noch ich weiß nicht welche
seelische Befriedigung hinzu, auf die ich
nicht verzichten zu können glaube.

So glücklich er auch sein mag, ich
kann einen Zustand ohne Fortschritt
nicht wünschen. Ich stelle mir die himm-
lische Freude nicht wie ein Aufgehen in
Gott vor, sondern wie eine unendliche,
fortwährende Annäherung... und wenn
ich nicht die Wortspielerei fürchtete,

würde ich sagen, daß ich auf eine Freude pfeife, die nicht *progressiv* ist.

Heute morgen saßen wir beide auf der Bank an der Allee; wir sagten nichts und verspürten kein Bedürfnis, etwas zu sagen... Auf einmal fragte er mich, ob ich an das künftige Leben glaube.

«Aber, Jérôme», rief ich sofort, «das ist für mich mehr als eine Hoffnung: das ist eine Gewißheit...»

Und plötzlich schien es mir, als hätte sich mein ganzer Glaube in diesen Schrei entleert.

«Ich – möchte wissen...», fügte er hinzu. Er hielt einen Augenblick inne, dann sprach er weiter: «Würdest du anders handeln, wenn du deinen Glauben nicht hättest?»

«Wie kann ich das wissen», antwortete ich; und ich fügte hinzu: «Aber du, mein Freund, ob du willst oder nicht, du kannst nicht mehr anders handeln, als du es vom lebhaftesten Glauben beseelt tun würdest. Und ich würde dich nicht lieben, wenn du anders wärst.»

Nein, Jérôme, nein, es ist nicht der künftige Lohn, nach dem unsere Tugend strebt; es ist nicht der Lohn, den unsere Liebe sucht. Die Vorstellung von einer Vergeltung der Mühsal ist kränkend für eine vornehme Seele. Und die Tugend ist für sie auch kein Schmuck: nein, das ist die Form ihrer Schönheit.

Papa geht es erneut weniger gut; nichts Ernstes, hoffe ich, aber seit drei Tagen muß er sich wieder von Milch ernähren.

Gestern abend war Jérôme gerade auf sein Zimmer gegangen; Papa, der noch mit mir aufblieb, hat mich eine Weile allein gelassen. Ich saß auf dem Sofa, oder vielmehr – was mir fast nie passiert – ich hatte mich hingelegt, ich weiß nicht, warum. Meine Augen und mein Oberkörper waren vom Lampenschirm gegen das Licht geschützt; ich betrachtete mechanisch meine Fußspitzen, die ein wenig unter meinem Kleid hervorragten und auf denen ein Widerschein der Lampe lag. Als Papa wieder hereinkam, blieb er einen Augenblick an der Tür stehen und sah mich ganz eigenartig an, lächelnd und traurig zugleich. Etwas verwirrt stand ich auf; da winkte er mir.

«Komm, setz dich zu mir», sagte er; und obwohl es schon spät war, begann er, von meiner Mutter zu sprechen, was er seit ihrer Trennung noch nie getan hatte. Er erzählte mir, wie er sie geheiratet hatte, wie sehr er sie liebte und was sie zunächst für ihn gewesen war.

«Papa», sagte ich da schließlich, «ich flehe dich an, mir zu sagen, warum du mir das heute abend erzählst, was dich veranlaßt, mir das ausgerechnet heute abend zu erzählen...»

«Weil ich vorhin, als ich in den Salon zurückkam und dich sah, wie du auf dem Sofa lagst, einen Augenblick glaubte, deine Mutter wiederzusehen.»

Ich drang deshalb so darauf, weil an demselben Abend... Jérôme stand über mich gebeugt an meinen Sessel gelehnt und sah mir über die Schulter. Ich konnte ihn nicht sehen, spürte aber seinen Atem und gleichsam die Wärme und das Beben seines Körpers. Ich tat so, als würde ich weiterlesen, aber ich verstand nichts mehr; ich konnte nicht einmal mehr die Zeilen unterscheiden. Eine so seltsame Verwirrung hatte sich meiner bemächtigt, daß ich mich eilends von meinem Stuhl erheben mußte, solange ich es noch vermochte. Ich habe das Zimmer für eine Weile verlassen können, zum Glück, ohne daß er etwas gemerkt hat... Doch als ich mich etwas später, allein im Salon, auf dieses Sofa gelegt hatte und Papa fand, daß ich meiner Mutter ähnelte, da dachte ich gerade an sie.

Ich habe heute nacht sehr schlecht geschlafen, unruhig, bedrückt, elend, verfolgt von der Erinnerung an die Vergangenheit, die mich überkam wie Reue. Herr, lehre mich das Grauen vor allem, was einen Anschein von Bösem hat.

Armer Jérôme! Wenn er doch bloß wüßte, daß er manchmal nur eine Geste zu machen brauchte und daß ich diese Geste manchmal erwarte...

Schon als ich ein Kind war, wünschte ich mir seinetwegen, schön zu sein. Jetzt kommt es mir so vor, daß ich immer nur für ihn «nach Vollkommenheit gestrebt» habe. Und daß diese Vollkommenheit nur ohne ihn erreicht werden kann, das ist, o mein Gott, von all deinen Lehren diejenige, die meine Seele am meisten aus der Fassung bringt.

Wie glücklich muß die Seele sein, für die sich Tugend mit Liebe mischt! Manchmal zweifle ich, ob es eine andere Tugend gibt als die, zu lieben, soviel wie möglich und immer mehr zu lieben... Doch an manchen Tagen erscheint mir die Tugend leider nur noch wie ein Widerstand gegen die Liebe. Was! Sollte ich es wagen, die natürlichste Neigung meines Herzens Tugend zu nennen? O verlockender Trugschluß! Irreführung! Heimtückische Vorspiegelung des Glücks!

Heute morgen lese ich bei La Bruyère[35]: «Es gibt manchmal im Laufe des Lebens so teure Freuden und so zarte Neigungen, die man uns verbietet, daß es nur natürlich ist, wenn man sich zumindest wünscht, sie möchten erlaubt werden. Solche starken Reize können nur noch von dem einen übertroffen werden, aus Tugend darauf verzichten zu können.»

Warum habe ich denn hier das Verbot

erfunden? Sollte mich insgeheim ein
mächtigerer, ein süßerer Reiz als die Liebe verlocken? Ach, könnte ich unsere
beiden Seelen zugleich kraft der Liebe
über die Liebe hinausführen...!

Ach! Ich verstehe ihn jetzt nur allzu gut:
zwischen Gott und ihm gibt es kein anderes Hindernis als mich. Wenn auch
vielleicht, wie er sagt, ganz am Anfang
seine Liebe zu mir ihn zu Gott hinführ-
te, so hindert ihn diese Liebe jetzt; er
verliert seine Zeit mit mir, zieht mich
vor, und ich werde das Idol, das ihn davon abhält, in der Tugend fortzuschrei-
ten. Einer von uns beiden muß dahin
kommen; und da ich keine Hoffnung
habe, die Liebe in meinem feigen Herzen zu überwinden, erlaube mir, mein
Gott, gib mir die Kraft, daß ich ihn lehre,
mich nicht mehr zu lieben, so daß ich
Dir um den Preis meiner Verdienste die
seinen, die unendlich vorzuziehen sind,
darbringe... und wenn meine Seele
heute schluchzt, weil sie ihn verliert, so
findet sie ihn darum doch später in Dir
wieder...

Sag, o mein Gott, welche Seele hat Dich je mehr verdient? Ist er nicht für Besseres geboren als dafür, mich zu lieben? Und würde ich ihn genauso lieben, wenn er bei mir stehenbleiben sollte? Wie sehr verengt sich im Glück all das, was heroisch sein könnte...!

Sonntag – «Weil Gott etwas Besseres für uns zuvor ersehen hat.»[36]

Montag, 3. Mai – Das Glück möge dasein, ganz nah, es möge sich anbieten... nur die Hand ausstrecken müssen, um es zu ergreifen...

Heute, am Morgen, als ich mich mit ihm unterhielt, habe ich das Opfer vollbracht.

Montagabend – Morgen fährt er ab...
Lieber Jérôme – ich liebe dich immer noch mit unendlicher Zärtlichkeit; aber ich werde es dir nie mehr sagen können. Der Zwang, den ich meinen Augen, meinen Lippen, meiner Seele auferlege, ist so hart, daß dich zu verlassen mir Erlösung und bittere Befriedigung ist.

Ich bemühe mich, vernünftig zu handeln, doch im Augenblick des Handelns entgleiten mir die Vernunftgründe, die mich handeln ließen, oder erscheinen mir verrückt; ich glaube nicht mehr an sie...

Die Gründe, die mich ihn fliehen lassen? Ich glaube nicht mehr daran... Und ich fliehe ihn dennoch, traurig und ohne zu verstehen, warum ich ihn fliehe.

Herr! Dir entgegenzugehen, Jérôme und ich, miteinander, durch einander; das ganze Leben entlangzumarschieren wie zwei Pilger, von denen der eine manchmal zum andern sagt: «Stütze dich auf mich, Bruder, wenn du müde bist», und der andere antwortet: «Es genügt, wenn ich dich neben mir spüre...» Doch nein! Der Weg, den Du uns zeigst, Herr, ist ein schmaler Weg – so schmal, daß darauf nicht zwei nebeneinander gehen können.

4. Juli – Über sechs Wochen habe ich dieses Heft nicht mehr aufgeschlagen. Als ich im letzten Monat einige Seiten durchlas, entdeckte ich ein albernes, ein sträfliches Bemühen, gut zu schreiben... das ich *ihm* verdanke...

Als würde ich in diesem Heft, das ich nur begonnen habe, damit es mir helfe, ohne ihn auszukommen, weiterhin *ihm* schreiben.

Ich habe alle Seiten zerrissen, die mir gut geschrieben vorkamen. (Ich weiß, was ich darunter verstehe.) Ich hätte all die zerreißen sollen, auf denen von ihm die Rede ist. Ich hätte alles zerreißen sollen... Ich konnte es nicht.

Und schon darüber, daß ich diese paar Seiten herausgerissen habe, empfand ich ein wenig Stolz... einen Stolz, über den ich lachen würde, wenn mein Herz nicht so krank wäre.

Es war tatsächlich, als hätte ich da Talent und als wäre, was ich zerstörte, etwas Bedeutendes!

6. Juli – Ich mußte ihn aus meiner Bibliothek verbannen...

Von Buch zu Buch fliehe ich ihn und finde ihn wieder. Selbst bei der Seite, die ich ohne ihn entdecke, höre ich noch seine Stimme, die sie mir vorliest. Ich finde

Geschmack nur an dem, was ihn interessiert, und mein Denken hat so sehr die Form des seinen angenommen, daß ich sie nicht besser unterscheiden kann als zu der Zeit, da es mir gefallen mochte, sie zu verwechseln.

Manchmal zwinge ich mich, schlecht zu schreiben, um dem Rhythmus seiner Sätze zu entkommen; doch gegen ihn kämpfen heißt immer noch, mich mit ihm zu beschäftigen. Ich fasse den Beschluß, eine Zeitlang nur noch die Bibel zu lesen (vielleicht auch die «Imitatio»[37]) und in dieses Heft jeden Tag nur den wichtigsten Vers aus meiner Lektüre zu schreiben.

Es folgte eine Art «täglich Brot», wo dem Datum jedes Tages, vom 1. Juli an, ein Vers folgte. Ich schreibe hier nur jene ab, die auch von irgendeinem Kommentar begleitet waren.

20. Juli – «Verkaufe alles, was du hast, und gib es den Armen.»[38] Ich verstehe, daß ich den Armen dieses Herz geben sollte, das ich nur für Jérôme habe. Und heißt es nicht zugleich, ihn zu lehren,

dasselbe zu tun...? Herr, gib mir diesen Mut.

24. Juli – Ich habe aufgehört, die «Internelle Consolation» zu lesen. Diese alte Sprache amüsierte mich sehr, lenkte mich jedoch ab, und die gewissermaßen heidnische Freude, die mir daran gefällt, hat nichts mit der Erbauung zu tun, die ich darin suchen wollte.

Die «Imitatio» wieder vorgenommen; und nicht einmal im lateinischen Urtext, den zu begreifen ich zu gering bin. Ich mag es, daß die Übersetzung, in der ich sie lese, nicht einmal gezeichnet ist – protestantisch zwar, aber «für alle christlichen Gemeinschaften geeignet», heißt es auf dem Titelblatt.

«Ach, wenn du wüßtest, welchen Frieden du erlangen und welche Freude du den anderen schenken würdest, wenn du in der Tugend fortschrittest – ich bin sicher, du würdest sorgfältiger daran arbeiten.»[39]

10. August – Auch wenn ich so zu Dir schreie, mein Gott, mit der Glaubens-

begeisterung eines Kindes und der übermenschlichen Stimme der Engel...

All das, ich weiß, habe ich nicht von
Jérôme, sondern von Dir.

Aber warum stellst Du überall sein
Bild zwischen Dich und mich?

14. August – Mehr als zwei Monate, um
dieses Werk zu vollbringen... O Herr,
hilf mir!

20. August – Ich spüre es wohl, ich spüre
es an meiner Traurigkeit, daß das Opfer
in meinem Herzen nicht vollzogen ist.
Mein Gott, gib, daß ich diese Freude nur
Dir verdanke, die ich allein durch ihn gekannt habe.

28. August – Zu welcher armseligen, traurigen Tugend gelange ich! Habe ich denn
zuviel von mir verlangt? – Nicht mehr
darunter leiden. Aus welcher Feigheit
immer Gott um Seine Kraft anflehen!
Mein ganzes Gebet ist jetzt klagend.

29. August – «Sehet die Lilien auf dem
Felde...»[40]

Diese so einfachen Worte haben mich heute in eine Traurigkeit versetzt, von der mich nichts ablenken konnte. Ich bin aufs Land hinausgegangen, und diese Worte, die ich gegen meinen Willen unablässig wiederholte, füllten mein Herz und meine Augen mit Tränen. Ich betrachtete die weite und leere Ebene, wo der Landmann über den Pflug gebeugt sich abplagte… «Die Lilien auf dem Felde…» Aber wo sind sie, Herr…?

16. September, zehn Uhr abends – Ich habe ihn wiedergesehen. Er ist da, unter diesem Dach. Ich sehe auf dem Rasen das Licht, das aus seinem Fenster darauf fällt. Er ist wach, während ich diese Zeilen schreibe; und vielleicht denkt er jetzt an mich. Er hat sich nicht verändert. Er sagt es; ich fühle es. Werde ich mich ihm so zeigen können, wie ich beschlossen habe zu sein, damit seine Liebe mich verleugnet…?

24. September – O qualvolle Unterhaltung, bei der ich Gleichgültigkeit, Kälte vorzutäuschen wußte, als mein Herz in mir wankte... Bisher hatte ich mich damit begnügt, ihn zu fliehen. Heute morgen konnte ich glauben, daß Gott mir die Kraft geben würde zu siegen und daß es nicht ohne Feigheit möglich wäre, mich unablässig dem Kampf zu entziehen. Habe ich triumphiert? Liebt Jérôme mich ein bißchen weniger...? Ach! das ist es, was ich erhoffe und was ich zugleich fürchte... Nie habe ich ihn mehr geliebt.

Und wenn es notwendig ist, Herr, daß ich untergehe, um ihn vor mir zu retten, dann laß es geschehen...!

«Komm in mein Herz und in meine Seele, um dort mein Leid zu tragen und weiter in mir zu dulden, was Du noch zu erleiden hast von Deiner Passion.»[41]

Wir haben über Pascal gesprochen... Was habe ich ihm nur gesagt? Welche schändlichen, albernen Worte! Wenn ich schon litt, als ich sie sagte, so bereue ich sie heute abend wie eine Lästerung.

Ich habe mir den schweren Band der «Pensées» vorgenommen, der sich von selbst bei diesem Abschnitt der Briefe an Mademoiselle de Roannez geöffnet hat: «Man spürt nicht die Leine, wenn man dem, der zieht, freiwillig folgt; doch wenn man sich zu wehren beginnt und sich entfernt, dann leidet man sehr.»[42]

Diese Worte berührten mich so direkt, daß ich nicht die Kraft hatte weiterzulesen; doch als ich das Buch an einer anderen Stelle aufschlug, fand ich einen wunderbaren Abschnitt, den ich nicht kannte und den ich abgeschrieben habe.

Hier endete das erste Heft dieses Tagebuchs. Vermutlich wurde ein folgendes Heft zerstört; denn innerhalb der von Alissa hinterlassenen Dokumente ging das Tagebuch erst drei Jahre später weiter, wieder in Fongueusemare, im September – das heißt kurze Zeit vor unserem letzten Wiedersehen.

Die Sätze, die folgen, eröffnen dieses letzte Heft.

17. September – Mein Gott, Du weißt doch, daß ich ihn brauche, um Dich zu lieben.

20. September – Mein Gott, gib ihn mir, damit ich Dir mein Herz gebe.

Mein Gott, laß ihn mich nur wiedersehen.

Mein Gott, ich verspreche, Dir mein Herz zu geben; gewähre mir, worum meine Liebe Dich bittet. Ich werde nur noch Dir geben, was mir an Leben bleiben wird...

Mein Gott, verzeih mir dieses erbärmliche Gebet, aber ich kann seinen Namen nicht von meinen Lippen entfernen und die Pein meines Herzens nicht vergessen.

Mein Gott, ich schreie zu Dir; verlasse mich nicht in meiner Not.

21. September – «Alles, um was ihr meinen Vater in meinem Namen bitten werdet...»[43]

Herr, in Deinem Namen wage ich nicht...

Doch würdest Du den wahnsinnigen Wunsch meines Herzens weniger kennen, wenn ich mein Gebet nicht mehr spräche?

27. September – Seit heute morgen eine große Ruhe. Die ganze Nacht mit Meditation, im Gebet zugebracht. Plötzlich schien es mir, als umgäbe mich, als senkte sich in mich eine Art strahlender Friede, genau wie die Vorstellung, die ich mir als Kind vom Heiligen Geist machte. Ich bin sogleich zu Bett gegangen, ich fürchtete, meine Freude nur einer nervösen Überspanntheit zu verdanken; ich bin ziemlich schnell eingeschlafen, ohne daß mich diese Seligkeit verlassen hätte. Heute morgen ist sie vollkommen da. Ich bin jetzt sicher, daß er kommen wird.

30. September – Jérôme! Mein Freund, du, den ich noch «mein Bruder» nenne, den ich aber unendlich mehr liebe als einen Bruder... Wie oft habe ich im Buchenhain deinen Namen gerufen...! Jeden Abend bei Einbruch der Dunkelheit trete ich durch die kleine Tür des Gemüsegartens und gehe die bereits dunkle Allee hinunter... Du würdest mir plötzlich antworten, du würdest mir erscheinen, da, hinter der steinigen Böschung, die mein Blick hastig absuchte, oder ich würde dich von weitem auf der Bank sitzen und auf mich warten sehen, mein Herz würde nicht aufschrecken... im Gegenteil, ich wundere mich, daß ich dich nicht sehe.

1. Oktober – Noch nichts. Die Sonne ist in einem unvergleichlich klaren Himmel untergegangen, und ich warte. Ich weiß, daß ich bald mit ihm auf dieser selben Bank sitzen werde... Ich lausche bereits seinen Worten. Ich höre ihn so gern meinen Namen aussprechen... Er wird dasein! Ich werde meine Hand in die seine legen. Ich werde meine Stirn auf seiner Schulter ruhen lassen. Ich werde neben ihm atmen. Gestern hatte ich schon ein paar seiner Briefe mitgebracht, um sie wiederzulesen; aber ich habe sie nicht angesehen, zu beschäftigt mit den Gedanken an ihn. Ich hatte auch das Amethystkreuz dabei, das er liebte und das ich in einem der vergangenen Sommer jeden Abend trug, solange ich nicht wollte, daß er abreiste.

Ich möchte ihm dieses Kreuz zurückgeben. Schon vor langer Zeit hatte ich diesen Traum: er verheiratet, ich Patin seiner ersten Tochter... einer kleinen Alissa, der ich diesen Schmuck schenkte... Warum hatte ich nie den Mut, es ihm zu sagen?

2. Oktober – Meine Seele ist heute leicht und fröhlich wie ein Vogel, der sein Nest im Himmel gebaut hat. Heute muß er kommen; ich fühle es, ich weiß es. Ich möchte es allen zurufen; ich muß es hier aufschreiben. Ich kann meine Freude nicht mehr verbergen. Selbst Robert, der gewöhnlich so zerstreut und mir gegenüber so gleichgültig ist, hat es gemerkt. Seine Fragen haben mich verwirrt, und ich wußte nicht, was ich ihm antworten sollte. Wie werde ich bis heute abend warten...?

Irgendein durchsichtiger Schleier zeigt mir überall sein vergrößertes Bild und konzentriert alle Strahlen der Liebe auf einen einzigen brennenden Punkt meines Herzens.

Ach – wie das Warten mich doch ermüdet...!

Herr, öffne vor mir einen Augenblick das große Tor des Glücks!

3. *Oktober* – Alles ist erloschen. Ach! Er ist meinen Armen entglitten wie ein Schatten. Er war da! Er war da! Ich fühle ihn noch. Ich rufe ihn. Meine Hände, meine Lippen suchen ihn vergeblich in der Nacht…

Ich kann weder beten noch schlafen. Ich bin wieder in den dunklen Garten hinausgegangen. In meinem Zimmer, im ganzen Haus hatte ich Angst; meine Verzweiflung hat mich bis zu der Tür geführt, hinter der ich ihn zurückgelassen hatte. Ich öffnete diese Tür in rasender Hoffnung; wenn er zurückgekommen wäre! Ich rief. Ich tastete mich durchs Dunkel. Ich ging wieder hinein, um ihm zu schreiben. Ich kann mich mit meiner Trauer nicht abfinden.

Was ist nur geschehen? Was habe ich ihm gesagt? Was habe ich getan? Wozu immer meine Tugend vor ihm übertreiben? Welchen Wert kann eine Tugend haben, die mein ganzes Herz verleugnet? Ich widersprach heimlich den Worten, die Gott meinen Lippen auferlegte... Von all dem, was mein Herz erfüllte, ist nichts zutage getreten. Jérôme! Jérôme, mein schmerzlicher Freund, mit dem mein Herz zerreißt und ohne den ich sterbe, höre von all dem, was ich dir soeben sagte, nur das, was dir meine Liebe erzählte.

Meinen Brief zerrissen; dann neu geschrieben... Die Morgendämmerung ist da; grau, naß von Tränen, ebenso traurig wie meine Gedanken... Ich höre die ersten Geräusche vom Pachthof, und alles, was schlief, wird wieder lebendig... «Steht auf, die Stunde ist gekommen.»[44]
Mein Brief wird nicht abgeschickt werden.

5. Oktober – Eifersüchtiger Gott, der Du mich enteignet hast, bemächtige Dich doch meines Herzens. Alle Wärme verläßt es jetzt, und nichts wird es mehr interessieren. Hilf mir doch, über dieses traurige Überbleibsel meiner selbst zu triumphieren. Dieses Haus, dieser Park sind eine unerträgliche Ermunterung für meine Liebe. Ich möchte an einen Ort fliehen, wo ich nur noch Dich sehe.

Du wirst mir helfen, Deinen Armen zukommen zu lassen, was ich an Vermögen besaß; laß mich zu Roberts Gunsten über Fongueusemare verfügen, das ich nicht leicht verkaufen kann. Ich habe zwar ein Testament geschrieben, doch die meisten der notwendigen Formalitäten sind mir unbekannt, und gestern konnte ich mit dem Notar nicht genügend sprechen, da ich fürchtete, er könnte meine Entscheidung ahnen und Juliette oder Robert benachrichtigen... Ich werde das in Paris ergänzen.

10. Oktober – Bin hier so erschöpft angekommen, daß ich die ersten beiden Tage im Bett bleiben mußte. Der Arzt, den man gegen meinen Willen gerufen hat, redet von einer Operation, die er für notwendig hält. Wozu Einspruch erheben? Doch ich habe ihn leicht davon überzeugen können, daß mir diese Operation angst macht und daß ich lieber warte, bis ich wieder etwas bei Kräften bin.

Ich habe meinen Namen und meine Adresse geheimhalten können. Ich habe bei der Verwaltung des Hauses genügend Geld hinterlegt, daß man keine Schwierigkeiten machte, mich aufzunehmen und mich so lange zu behalten, wie Gott es noch für nötig befinden wird.

Dieses Zimmer gefällt mir. Die vollkommene Sauberkeit genügt als Wandschmuck. Ich war ganz erstaunt, mich fast froh zu fühlen. Denn ich erhoffe nichts mehr vom Leben. Denn ich muß mich jetzt mit Gott begnügen, und Seine Liebe ist nur köstlich, wenn Er allen Platz in uns einnimmt...

Ich habe kein anderes Buch mitgenommen als die Bibel; doch heute höre ich in mir lauter als die Worte, die ich da lese, dieses verzweifelte Schluchzen Pascals: «All das, was nicht Gott ist, kann meine Erwartung nicht erfüllen.»

O allzu menschliche Freude, die mein unbesonnenes Herz wünschte... Hast

Du mich in Verzweiflung gestürzt, Herr,
um diesen Schrei zu hören?

12. Oktober – Dein Reich komme! Es
komme in mich; so daß nur Du über
mich herrschst und mich ganz und gar
beherrschst. Ich will nicht mehr mit Dir
um mein Herz feilschen.

Auch wenn ich müde bin, als wäre ich
sehr alt, behält meine Seele ein seltsam
kindliches Wesen. Ich bin immer noch
das kleine Mädchen, das ich war, das
nicht einschlafen konnte, wenn nicht
alles in seinem Zimmer in Ordnung war
und die ausgezogenen Kleider zusam-
mengelegt über dem Kopfende des Betts
hingen…
    So möchte ich mich auch auf das
Sterben vorbereiten.

13. Oktober – Mein Tagebuch wiedergele-
sen, um es dann zu vernichten. «Es ist
der großen Herzen unwürdig, die Verwirrung, die sie empfinden, zu verbreiten.» Ich glaube, dieses schöne Wort ist
von Clotilde de Vaux[45].

In dem Augenblick, als ich das Tagebuch ins Feuer werfen wollte, hat mich eine Art Wink zurückgehalten; mir schien, als gehörte es bereits nicht mehr mir selbst; als hätte ich nicht das Recht, es Jérôme wegzunehmen; als hätte ich es immer nur für ihn geschrieben. Meine Sorgen, meine Zweifel kommen mir heute so lächerlich vor, daß ich ihnen keine Bedeutung mehr beimessen noch glauben kann, daß Jérôme sich davon verwirren ließe. Mein Gott, gib, daß er darin manchmal den ungeschickten Ton eines Herzens entdeckt, das den unbändigen Wunsch hat, ihn bis zu jenem Gipfel der Tugend zu treiben, den zu erreichen ich aufgab.

«Mein Gott, führe mich auf diesen Felsen, den ich nicht erreichen kann.»[46]

15. *Oktober* – «Freude, Freude, Freude, Tränen der Freude...»

Über der menschlichen Freude und jenseits allen Schmerzes, ja, ahne ich diese strahlende Freude. Ich weiß wohl, daß dieser Felsen, zu dem ich nicht gelangen kann, einen Namen hat: Glück...

Ich begreife, daß mein Leben nur den Sinn hat, zum Glück zu führen... Ach, Du hast es dem entsagenden und reinen Herzen ja versprochen, Herr. «Glücklich *schon hier*», sagte Dein heiliges Wort, «glücklich schon hier die, so im Herrn sterben.»[47] Muß ich bis zum Tod warten? Hier schwankt mein Glaube. Herr! Ich schreie zu Dir mit aller Kraft. Ich bin in der Nacht; ich warte auf die Morgendämmerung. Ich schreie zu Dir, bis ich sterbe. Komm und erquicke mein Herz. Mich dürstet jetzt gleich nach diesem Glück... Oder soll ich zu der Überzeugung gelangen, daß ich es habe? Und soll ich wie der ungeduldige Vogel, der vor der Morgenröte schreit und den Tag mehr ruft als verkündet, nicht das Fahlwerden der Nacht abwarten, um zu singen?

16. Oktober – Jérôme, ich möchte dich die vollkommene Freude lehren.

Heute morgen hat mich ein Anfall von Übelkeit niedergeworfen. Daraufhin fühlte ich mich derart schwach, daß ich einen Augenblick hoffen konnte zu sterben. Doch nein; zunächst entstand in meinem ganzen Wesen nun eine große Ruhe; dann überkam mich eine Beklemmung, ein körperlicher und seelischer Schauder; es war wie die jähe und nüchterne *Erhellung* meines Lebens. Ich hatte den Eindruck, zum ersten Mal die entsetzlich nackten Wände meines Zimmers zu sehen. Ich bekam Angst. Noch jetzt schreibe ich, um mich zu beruhigen, um mich zu besänftigen. O Herr! Könnte ich doch das Ende erreichen ohne Lästerung.

Ich habe noch aufstehen können. Ich bin auf die Knie gesunken wie ein Kind...

Ich möchte jetzt sterben, schnell, bevor ich von neuem begriffen habe, daß ich allein bin.

Im vergangenen Jahr habe ich Juliette wiedergesehen. Mehr als zehn Jahre waren vergangen seit ihrem letzten Brief, demjenigen, der mir Alissas Tod mitteilte. Eine Reise in die Provence war mir Veranlassung, in Nîmes haltzumachen. Die Teissières bewohnten in der Avenue de Feuchères, im lauten Zentrum der Stadt, ein recht schönes Haus. Obwohl ich geschrieben hatte, um mein Kommen anzukündigen, war ich ziemlich gerührt, als ich über die Schwelle trat.

Ein Dienstmädchen bat mich in den Salon, wo einige Augenblicke später Juliette erschien. Ich glaubte, Tante Plantier zu sehen: der gleiche Gang, die gleiche Statur, die gleiche atemlose Herzlichkeit. Sie bestürmte mich sofort mit Fragen, deren Antworten sie nicht abwartete, über meine Laufbahn, meine Wohnung in Paris, meine Beschäftigungen, meine Beziehungen. Was ich im

Süden vorhätte? Warum ich nicht bis Aigues-Vives führe, wo Édouard sich so freuen würde, mich zu sehen? – Dann berichtete sie mir von allen, sprach über ihren Mann, ihre Kinder, ihren Bruder, die letzte Ernte, das schlechte Geschäft … Ich erfuhr, daß Robert Fongueuse-mare verkauft hatte, um nach Aigues-Vives zu ziehen; daß er jetzt Édouards Partner war, was diesem erlaube, zu reisen und sich mehr um die geschäftliche Seite des Betriebs zu kümmern, während Robert auf den Gütern blieb und die Pflanzungen verbesserte und vergrößerte.

Indessen suchte ich unruhig mit den Augen, was an die Vergangenheit erinnern konnte. Ich erkannte zwischen dem neuen Mobiliar des Salons wohl einige Möbel aus Fongueusemare; doch diese Vergangenheit, die in mir bebte, schien Juliette nun zu ignorieren, oder sie ließ es sich angelegen sein, uns davon abzulenken.

Zwei Jungen von zwölf und dreizehn Jahren spielten im Treppenhaus; sie rief sie herbei, um sie mir vorzustellen. Lise,

das älteste ihrer Kinder, hatte ihren Vater
nach Aigues-Vives begleitet. Ein weite-
rer Junge von zehn Jahren sollte vom
Spaziergang zurückkommen, derjenige,
dessen bevorstehende Geburt Juliette angekündigt hatte, als sie mir auch Alissas
Tod mitteilte. Diese Schwangerschaft war
nicht problemlos zu Ende gegangen; Juliette war noch lange davon mitgenommen gewesen. Dann, als würde sie sich
eines Besseren besinnen, hatte sie im
vergangenen Jahr einem kleinen Mädchen das Leben geschenkt, und so, wie
sie darüber redete, hatte es den Anschein, als zöge sie es ihren anderen Kin-
dern vor.

«Mein Zimmer, in dem sie schläft, ist
nebenan», sagte sie; «komm und sieh sie
dir an.» Und da ich ihr folgte, fügte
sie hinzu: «Jérôme, ich hatte nicht den
Mut, es dir zu schreiben... Würdest du
einwilligen, der Pate der Kleinen zu
sein?»

«Aber gern, wenn dir das angenehm
ist», sagte ich ein wenig überrascht und
beugte mich über die Wiege. «Wie heißt
mein Patenkind?»

«Alissa...», antwortete Juliette leise. «Sie ähnelt ihr ein wenig, findest du nicht?»

Ich drückte Juliettes Hand, ohne zu antworten. Die kleine Alissa öffnete die Augen, als ihre Mutter sie hochhob; ich nahm sie in meine Arme.

«Was für einen guten Familienvater du abgeben würdest!» sagte Juliette und versuchte zu lachen. «Worauf wartest du, um zu heiraten?»

«Daß ich vieles vergesse» – und ich sah, wie sie errötete.

«Was hoffst du, bald zu vergessen?»

«Das, was ich nie zu vergessen hoffe.»

«Komm hier herein», sagte sie unvermittelt und ging mir voraus in ein kleineres und schon dunkles Zimmer, von dem eine Tür sich auf ihr Zimmer öffnete und die andere auf den Salon. «Hier suche ich Zuflucht, wenn ich einen Augenblick Zeit habe; es ist das ruhigste Zimmer im Haus; hier fühle ich mich fast geschützt vor dem Leben.»

Das Fenster dieses kleinen Salons öffnete sich nicht wie die der anderen Zimmer den Geräuschen der Stadt, sondern ging auf eine Art mit Bäumen bepflanzten Hof hinaus.

«Setzen wir uns», sagte sie und ließ sich in einen Sessel fallen. «Wenn ich dich recht verstehe, möchtest du der Erinnerung an Alissa treu bleiben.»

Ich war einen Augenblick stumm.

«Vielleicht eher der Vorstellung, die sie sich von mir machte... Nein, rechne es mir nicht als Verdienst an. Ich glaube, ich kann nicht anders. Wenn ich eine Frau heiraten würde, könnte ich nur so tun, als liebte ich sie.»

«Ach», sagte sie wie gleichgültig, dann wandte sie ihr Gesicht von mir ab und neigte es über den Boden, als würde sie irgend etwas Verlorenes suchen. «Dann glaubst du also, daß man so lange eine hoffnungslose Liebe in seinem Herzen bewahren kann?»

«Ja, Juliette.»

«Und daß das Leben jeden Tag darüber hinwehen kann, ohne sie auszulöschen...?»

Der Abend breitete sich aus wie ein graues Meer und erfaßte, überflutete alle Gegenstände, welche in diesem Schatten lebendig zu werden und halblaut ihre Vergangenheit zu erzählen schienen. Ich sah Alissas Zimmer vor mir, dessen Möbel Juliette alle hier versammelt hatte. Jetzt wandte sie mir ihr Gesicht wieder zu, dessen Züge ich nicht mehr unterscheiden konnte, so daß ich nicht wußte, ob ihre Augen nicht geschlossen waren. Sie erschien mir sehr schön. Und wir blieben jetzt beide stumm.

«Komm», sagte sie endlich; «wir müssen aufwachen...»

Ich sah, wie sie sich erhob, einen Schritt vorwärts machte, wie kraftlos wieder auf einen nahen Stuhl sank; sie legte die Hände auf ihr Gesicht, und mir schien, sie weinte...

Eine Dienerin trat ein und brachte die Lampe.

André Gide (1869–1951), Nobelpreisträger von 1947, Doktor *honoris causa* der Universität Oxford, war ein Vollender, ein Vorläufer und neben Paul Valéry und Paul Claudel eine der letzten großen Figuren – der *monstres sacrés* – der französischen Literatur. Ein Vollender, der noch einmal bewußt die feingeschliffene, von jedem Ballast befreite französische Prosa pflegt – und ein vollendeter Meister des Metiers überhaupt, der alle Genres beherrscht, von der Lyrik über das Theater («Le Roi Candaule», «Robert», «Œdipe» und andere mehr), den Essay, das Tagebuch, den Reisebericht, die Korrespondenz (etwa mit Claudel, Valéry, Roger Martin du Gard, Cocteau oder Jules Romains) bis zur leichtgeführten Erzählung («La Symphonie pastorale») und zum großangelegten Roman («Les Faux-Monnayeurs», «Les Caves du Vatican»). Gleichzeitig ist Gide ein Vorläufer, ein Proto-Existentialist, wenn man so will, der wie nach ihm Camus und Sartre (und eindringlicher als Malraux) in seinem ganzen Schreiben das Sich-selber-Erfinden thematisiert, demonstriert und realisiert. Dabei auch ein *monstre sacré*, dem man seine Fehler (seinen Flirt mit Stalin, seine Absage dann an den Kommunismus, belegt in «Retour de l'U.R.S.S.» und «Retouches à mon Retour de l'U.R.S.S.», seine «Amoral», womit das – auch literarisch verarbeitete – Bekenntnis zur Homosexualität gemeint war) sehr vorwarf und durchaus verzieh. Denn Gides Werk war und ist aus der Landschaft der französischen Literatur sowenig wegzudenken wie etwa die Hügelzüge, zwischen denen man seine Jugend verbracht hat und zu denen man nicht ganz ohne Vorbehalt, aber doch immer wieder zurückkehrt.

Zur «Porte étroite» zum Beispiel. Ein seltsames Buch. Scheinbar einfach die «Kritik an einer bestimmten mystischen Tendenz», wie Gide selbst sagt, Kritik am religiösen Exzeß, am übersteigerten Puritanismus, in dem er selber erzogen worden ist. Und scheinbar einfach auch ein Spiegel von Gides zähem Werben um seine Cousine Madeleine Rondeaux: Jérôme-André, Alissa-Madeleine – die Angleichung ist erlaubt. Ein spät vorgehaltener Spiegel allerdings: die «Enge Pforte» erscheint 1909, Madeleines und Andrés «Geschichte» beginnt 1882, als sie fünfzehn ist, er dreizehn: «Mir scheint, daß ich erst durch meine Liebe zur ihr geweckt werden mußte, um meines Daseins bewußt zu werden und wirklich zur Existenz zu gelangen.» Das eigentliche «Buch dazu» ist Gides erstes Werk, «Les Cahiers d'André Walter» von 1891, «eine lange Liebeserklärung, ein langes Liebesbekenntnis», mit dem er hofft, seine Cousine zur Heirat zu bewegen. Denn es ist so, daß Madeleine, rein, fromm, traurigen Lächelns und fragend hochgewölbter Augenbrauen, ganz wie Alissa, ihr Seelenleben mit André teilt: tiefschürfende Gespräche, gemeinsame Lektüre (Gide markiert in der Tat besondere Textstellen mit ihren Initialen), gemeinsame Naturerlebnisse, lange Briefe – und daß sie dann doch zurückschreckt, als er sie heiraten will.

Warum? Warum schreckt sie zurück, und warum will er sie überhaupt heiraten? Die Frage ist doppelt, und ihr zweiter Teil der interessantere. Denn daß Madeleine nicht will, beweist einfach die Geradlinigkeit ihres Wesens. Sie spürt, sie weiß, daß man nicht heiraten soll, wenn man einander nicht begehrt: «Liebe ich André so, wie man liebt? – Nein – um vor mir selbst ganz ehrlich zu sein – Liebe meint, glaube ich, Begehren – etwas Brennendes, Leidenschaftliches, das nicht da ist (weder bei ihm noch bei mir).» Das übrigens sind nicht Alissas Gründe, Jérôme abzulehnen; bei ihr ist es vielmehr eine Ekstase des Verzichts. Gide selbst sagt, man solle nicht meinen, Alissa sei Madeleines Porträt: «In ihrer Tugend war nie etwas Forciertes oder Exzessives.» Später sagt er allerdings auch in einer für ihn typischen Drehung: «Nein, ich habe lange gedacht, sie sei Alissa, sie war es nicht…, aber sie ist es geworden.»

Also doch ihr Porträt, das damals, bei der Entstehung des Buches, nicht stimmte, dem sie erst entgegenlebte? Oder das ihr die Ehe mit Gide – denn sie heiratet ihn doch, 1895 – allmählich aufzwingt: Sie würde zu Alissa von dem Augenblick an, da ihre Geschichten – Alissas und ihre – divergieren. Das Paradox wäre nicht erstaunlich in einer Beziehung, die nach paradoxem Muster spielt. Es ist – oder wird – paradox, wenn sich ein Schriftsteller mit jemandem einläßt, der oder die vor der Literatur – besser: vor der Art ihres Entstehens – Angst hat: «Weißt Du», schreibt Madeleine an Gide, Jahre vor ihrer Heirat, «daß Du mir sehr zu denken gegeben hast, als Du mir erklärtest, wie Du nacheinander Louis, A. Walkenaer [Freunde Gides], Madeleine etc. sein und abwechselnd ihren Geschmack, ihre Vorlieben teilen kannst – und all das mit derselben Ehrlichkeit! Eine solche Leichtigkeit, alle Farben widerzuspiegeln, hat etwas zu … Chamäleonhaftes. Ich sehe nicht recht, welchen Platz in dieser allgemeinen und ewigen Zustimmung Deine eigenen Präferenzen einnehmen? Vielleicht treibst Du den Eklektizismus so weit, gar keine mehr zu haben.»

Wenn das Urbild der Beziehung zwischen Philosophen und Nichtphilosophen sich in der Anekdote spiegelt, nach der ein Bürger über den Philosophen lacht, der aus Nachdenklichkeit in eine Grube fällt, so ist es bestimmt auch ein Urklischee der Beziehung des Schriftstellers zum Nichtschreibenden, daß ihm dieser seine Chamäleonhaftigkeit vorhält. Im Namen des *common sense,* nach dem man «etwas», etwas Bestimmtes, darstellen muß, und im Namen der Angst auch, in Metamorphosen hineingerissen zu werden, zu denen man nicht die Wandlungsfähigkeit hat. Das war wohl auch der Grund, warum Madeleine immer mehr zu Alissas Porträt wurde: daß sie von Gides dringendem Wunsch, sich – und sie auf *dieselbe* Art – zu realisieren, immer weiter in eine Verweigerungshaltung hineingetrieben wurde, in fromme, keusche Zurückgezogenheit, aus der sie André-Jérôme immer hartnäckiger und immer vergeblicher herauszuholen versuchte. Unfreiwillige Alissa – sie hatte schon recht gehabt, ihn nicht zu wollen.

Was aber hatte er von ihr gewollt? Das ist ein weiteres, spezifisch Gidesches Paradox, das ins Muster dieser Beziehung hineingewebt war: daß er eigentlich nichts von ihr wollte, nichts von ihr als Frau. Insofern ist er gar nicht Jérôme: nicht nur, weil dieser keine päderastischen (Gide legte Wert auf diesen Ausdruck) Präferenzen hat, sondern weil er die ganze Zeit hinter Alissas religiösen Höhenflügen herhinkt, gewissermaßen, während Gide die Entsinnlichung, Ätherisierung ihrer Liebe mindestens so aktiv wie Madeleine betrieb. Entsinnlichung: «Ich begehre dich nicht. Dein Körper ist mir unangenehm, und fleischlicher Besitz ist mir schrecklich.» Und: «Um ihre Reinheit nicht zu trüben, werde ich mich jeder Zärtlichkeit enthalten – um ihre Seele nicht in Unruhe zu versetzen – sogar eines jeden noch so keuschen Händchenhaltens... aus Angst, sie könnte danach mehr wollen, als ich ihr zu geben vermöchte...»

Sie doch heiraten bedeutete – jenseits der Konventionen und des Wunsches der sterbenden Madame Gide *mère,* die sich davon eine Rückkehr ihres Sohnes zur «Normalität» erhoffte – wohl auch einen Exorzismus; nicht der Homo-, sondern im Gegenteil der Heterosexualität. Hat Frau, braucht sie nicht zu besitzen – so ungefähr die Gidesche Quadratur des Kreises. De facto: Die Ehe ist tatsächlich nie vollzogen worden. Daß Madeleine dabei zugrunde ging, oder schlimmer: nie zum Leben kam, hat Gide gelegentlich aufrichtig bekümmert, vor allem als sie 1938 starb und er sich in «Et nunc manet in te» in Selbstanklagen erging, und es hat ihn veranlaßt, immer wieder auf das Thema zurückzukommen. Deshalb wohl die späte, nochmalige Verarbeitung der Geschichte, die in der 1902 erschienenen Erzählung «L'Immoraliste» sozusagen a priori korrigiert war: Hier, in der Tat, richtet ein homosexueller Ehemann seine junge Frau zugrunde. Es hat ihn auch zu Selbstdarstellungen, um nicht zu sagen Exhibitionismen angespornt: «Corydon» (1920) und «Si le grain ne meurt» (1924) lassen kein Detail aus Gides – oft auch völlig einsam betriebenem – Intimleben offen. Es hat ihn vielleicht überhaupt in eine literarische Richtung gelenkt: in die des Sich-Bekennens im prophetischen Sinn, à la Nietzsche: «Und du wirst sein, Nathanael, wie einer, der einem Licht folgt, das ihn lenkt, und er selbst hielte dieses Licht in der Hand», heißt es in den «Nourritures terrestres» (1897), der Bibel einer Generation, für die der Aufruf zur Selbstverwirklichung, zum Ausbruch aus der bürgerlichen Enge neu und zauberhaft klang.

Gewiß, schon vor seiner Beziehung zu Madeleine war Gide durch seine protestantisch-puritanische Erziehung *a contrario* auf Ausbruch und Aufbruch programmiert. Aber kann man überhaupt von einem Vorher sprechen? Erst seine Liebe zu Madeleine scheint ihn auf sich selbst gebracht zu haben, auf die ihm innewohnende Neigung zu einer zunächst selbstverleugnenden, ekstatischen Religiosität: «Um mich zu kasteien, schlief ich auf einem Brett; mitten in der Nacht stand ich auf, kniete mich wiederum nieder…» André-Alissa: *die* Angleichung ist vielleicht sogar genauer.

Das gibt dem Buch seine seltsame Verdrehung: daß Alissa eigentlich (für ihren Autor, für den Leser) die einzige Identifikationsfigur ist. Was wäre Jérôme mehr als ihr Schatten, ihr schwaches Alter ego, dem man seine flammende Liebe nicht recht glaubt? Auf die Art manipulierbar ist wohl nur einer, der nicht lieben, sondern sich aufgeben möchte. So unsympathisch Alissa mit der Zeit wird, so nachvollziehbar ist ihre immer größere Gereiztheit: Was bleibt ihr anderes, als die Sache so weit zu treiben, bis der andere – hoffentlich – endlich reagiert, zurückagiert, im eigentlichen Sinn des Wortes? Sie sagt es ja: «Armer Jérôme! Wenn er doch bloß wüßte, daß er manchmal nur eine Geste zu machen brauchte und daß ich diese Geste manchmal erwarte...»

Gides eigene, von ihm als «satanisch» empfundene Widersprüchlichkeit, vielleicht sogar Spaltung, scheint in Alissa auf – sie ist keineswegs die fade, engelhafte Frau, wie es auf den ersten Blick scheinen mag. Gewiß, und das kompliziert die Sache noch einmal, ist sie die

«gute» Frau im Gegensatz zur «schlech-
ten», ihrer Mutter, so wie Juliette, will
man die Frauengestalten des Buches
schematisieren, die «gewöhnliche» Frau
ist. Fast ist es so, als wären da zwei
Alissas: die André-Alissa, die aus Ungeduld, Überdruß, sexueller Unlust sich
und den andern bewußt maßlos überfor-
dert (Madeleine-Jérôme, auch *die* Angleichung stimmt). Dann das Wunsch-
bild Alissa, die Reine, die sich freiwillig
in Sphären entrückt, in denen Mann ihr
nicht näherzutreten braucht. Als käme
diese Alissa in einem hölzerneren –
eben: schematischeren – Teil des Ro-
mans vor, dem Teil, in den Gide nicht
nur seine eigenen Vorurteile, sondern
auch die seiner Zeit einfließen läßt; Teil
oder besser: Schicht. Nicht eine chrono-
logische Teilung ist gemeint, sondern es
scheint, als wären da zwei Bücher über-
einandergeschrieben, mit der einen und
der anderen Alissa je als Hauptperson.

Die «gute» Alissa also als Protago-
nistin des – hinter dem anderen durchaus zurücktretenden – Buchs der Vorurteile und Schablonen. Denn jenseits

von Gides manichäistischem und misogynem Frauenbild ist hier überhaupt das Bild einer Zeit eingeschrieben, in der eine Frau, auch wenn sie den Vater bei der Stange halten, den Geschwistern die Mutter ersetzen und ihr eigenes Leben ganz allein in die richtigen Bahnen lenken muß, doch nichts anderes lesen darf und kann, als was ihr der Geliebte nahelegt, sozusagen verstohlen Latein lernt, um «ihm in der Lektüre folgen zu können» und ihm auch noch dankbar sein zu müssen glaubt, daß er es ihr ermöglicht hat, «das alles zu verstehen». Sie, die fähig ist, in einer einzigen intellektuell-gelehrten Pirouette ihr Urteil über Shelley, Byron, Keats, Victor Hugo und Baudelaire abzugeben!

Aber das eben ist die andere Alissa, Alissa-André, die, statt geradlinig nach dem Höchsten, nach Gott zu streben, in einem fortwährenden Hin und Her um ihr eigenes Ich ringt. «Ich bin ein dialogisches Wesen; alles in mir bekämpft und widerspricht sich.» Was Gide über sich selbst sagt, gilt auch für Alissa. Nicht nur ihre Tagebucheintragungen zeigen es, sondern die ganze Dynamik ihrer Beziehung zu Jérôme: Das ständige *on and off* spiegelt nicht einfach den verzweifelten Kampf gegen ihre Liebe, sondern mehr noch ihre Tendenz, sich selbst zu versuchen.

Alissa ist eine Selbstversucherin in jedem Sinn. Sie versucht, sie probiert ihre Grenzen aus und führt sich damit in Versuchung, weil sie eben keine Grenzen *hat* – sie ist fähig, «bis zum Äußersten zu gehen». Was sie über das Glück sagt, daß sie sich ihm lieber ewig nur annähern als es je besitzen möchte, ist *die* luststeigernde Verzögerungstaktik in dieser spirituellen Masturbation. Alissa ist in der Tat Trägerin von Andrés «Sünde» (er nennt es so und quält sich jahrzehntelang damit), was sie – in Gides Welt – zu einem dämonischen und also poetischen Wesen macht. «Kein Kunstwerk ohne die Mitarbeit des Dämons»: Dostojewskis Ausspruch ist für Gide ein Leitmotiv. Wenn sich Jérôme am Schluß ziemlich unvermittelt über Alissas «Entzauberung» – *dépoétisation* – beklagt, so weist das eben auf ihre poetische Funktion hin: *sie* war die Poesie der Geschichte, nicht die Liebe, nicht die hohen Gefühle, sondern der gespaltene und aus dieser Gespaltenheit agierende Mensch.

Als entstehe die Kunst eben aus diesem Spalt, der Lücke, die sich öffnet, wenn einer mit seinem eigenen Doppel ringt. Der Narziß ist für Gide eine Grundfigur: «Der entsetzte, androgyne, sich spaltende Mann» heißt es in seinem «Traité du Narcisse» (1891). Spalt also, in dem sich die Dichtung realisiert – und auch der Mensch sich selbst als Dichter. Und immer nur je ein Mensch: durch diese enge Pforte kommen in der Tat zwei nebeneinander nicht. Alissa ist da nur zu konsequent. Zu konsequent, weil sie das Wissen um ihre eigene, nur sie meinende Erwähltheit zum Inhalt ihrer Bemühungen macht, statt sie als Ausgangspunkt zu verstehen. Daher ihre Sterilität, das Umschlagen des poetischen Impetus in sein Gegenteil. Nichts ist aus all den Anläufen geworden, der Spalt ist Spalt geblieben, die Leere, die Alissa kurz vor ihrem Ende mit Schaudern erblickt.

Denn auch Gott wäre zu erschaffen

gewesen: «Ich halte Gott für eine Erfindung, eine Schöpfung, die der Mensch allmählich... dank Intelligenz und Tugend erarbeitet. Auf ihn [Gott] läuft die Schöpfung zu», sagt Gide in «Deux interviews imaginaires». Und in seinem Tagebuch von 1942 bis 1949: «Ich gelangte zur Überzeugung, daß sich Gott nur durch und über den Menschen vollzieht, daß aber gleichzeitig auch, wenn der Mensch auf Gott hinausläuft, die Schöpfung, um auf den Menschen hinauszulaufen, von Gott ausgeht, so daß man das Göttliche an beiden Enden wiederfindet... Ich war nicht mehr dafür, das eine vom anderen zu trennen; Gott, der den Menschen schafft, um von ihm geschaffen zu werden; Gott, Ausgang *[fin]* des Menschen; das von Gott zum Menschen aufgehobene Chaos, dann der Mensch, der sich zu Gott aufhebt... Es ging nicht mehr darum, Gott zu gehorchen, sondern ihn zu beleben, sich in ihn zu verlieben, ihn aus Liebe einem selbst abzuverlangen und ihn zu erlangen aus Tugend.»

Diese kreative Imagination fehlt Alissas Religiosität: So narzißtisch sie ist, sowenig ist sie Pygmalion, der sein Werk als ein *Anderes* Liebende; sie ist unfähig, Gott aus sich herauszustellen, er bleibt in ihr enges moralisches System integriert. «Schließlich spielt sie [die Imagination] sogar in der Moral eine gewichtige Rolle, denn... was ist schon die Tugend ohne Imagination? Was soviel heißt wie Tugend ohne Mitleid, Tugend ohne den Himmel, etwas Hartes, Sterilmachendes, das in gewissen Ländern zum... Protestantismus geworden ist», heißt es bei Baudelaire. Das Inhumane einer imaginationslosen Tugend entspricht einem entgöttlichten Gott: Alissas letztlich sadistisches Spiel mit Jérôme legitimiert sich aus nichts anderem als aus bürgerlich-christlichen Moralvorstellungen; ihre ganze Frömmigkeit soll ja verhindern, daß sie – Gott bewahre (mehr als dieser «Gottbewahre» ist ihr Gott eigentlich nicht) – so wie ihre Mutter wird. Das, nebenbei, ist eine der Schwächen, der Schablonenhaftigkeiten dieses Buchs: daß nie der Gedanke dämmert, Lucile Bucolins Verhalten könnte zumindest erklärbar sein. Obwohl sie doch in einem bestimmten Augenblick eindeutig Gides Züge annimmt: Nicht sie, die reife, offenbar rasend in einen Mann verliebte Frau greift einem grünen Knaben an die Brust... Auf jeden Fall dringt durch eine puritanisch verengte Pforte der Hauch des Göttlichen nicht in Alissas bürgerliches Haus.

Der Hauch des Göttlichen, der nach Gide (der nach Nietzsche, nach Dostojewski) das Hier und Jetzt schon in das Reich Gottes verwandelt. Anders gesagt: Das von Gide postulierte Hinauslaufen-auf-Gott ist nicht diachron zu verstehen, sondern aktuell: mit jedem Akt – im vollen, kreativen Sinn – erschafft sich der Mensch Gott; am Anfang – an jedem Anfang, ad hoc – ist die Tat. Es ist kein Zufall, daß in dem Augenblick, da Faust auf diese Formel kommt (um es genau zu zitieren: «Im Anfang war die *Tat!*»), sich des Pudels Kern entpuppt und der Teufel auf den Plan tritt. «Es gefiel mir», schreibt Gide, «im gesamten Leben Goethes jene Antagonismen aufzufinden, die er wohlweislich in seinem Inneren bestehen ließ, die ihn anspornten, nur im Kampf Befriedigung zu finden, nie nach Ruhe zu streben, nur die Ruhe des Todes als solche zuzulassen. Und weil er auch wußte, daß «Über allen Gipfeln ist Ruh», und er nicht die Ruhe wollte, sondern den Kampf, zog er den übermenschlichen Gipfeln des Sublimen die besonnte halbe Höhe vor...»

Ob das mit der halben Höhe wirklich auf Goethe zutrifft, bleibe dahingestellt; auf jeden Fall widerspricht die Ruhe über den Gipfeln und vor allem das – von Gide nicht zitierte – Fehlen des Hauchs («In allen Wipfeln / Spürest du / Kaum einen Hauch») der Atmosphäre des Goetheschen wie auch des Gideschen Humanismus. Eigentlich des Goetheschen ganz einfach, da sich Gide ausdrücklich auf Goethe beruft – «das schönste, gleichzeitig lächelnde und ernste Beispiel dafür, was der Mensch ohne jede Beihilfe der Gnade aus sich selbst machen kann» –, auf die Vorstellung, daß der Mensch seinen eigenen Ansprüchen, den Ansprüchen seiner Möglichkeiten, genügen muß, um überhaupt ansprechbar zu sein: durch den auf ihn hinauslaufenden Schöpfungsakt. Seine Existenz als Erschaffener verwirklicht sich erst, wenn er diesen Akt an sich selbst rückwärts vollzieht: von der reinen Existenz zu der Vielfalt der realisierbaren Möglichkeiten, bis sich diese menschliche Wahrscheinlichkeitsrechnung zum Göttlichen summiert.

Der mystische Existentialismus Gides hat dem Existentialismus *tout court* die Freude voraus: An dem Punkt, wo das Menschliche ins Göttliche umschlägt (und umgekehrt), springt, man kann es nicht anders als mit Schiller sagen, der Götterfunken. Die Freude ist nicht zufälliges und angenehmes Nebenprodukt menschlichen Tuns, sondern hier und jetzt sein Ziel. Genau das, sagt Gide, hat der Protestantismus mit seinem Insistieren auf dem Leiden verkannt. Und im Zusammenhang mit der «Engen Pforte» schreibt er an Claudel: «Man muß zur Freude gelangen... das Pathos ist nicht auf der Höhe der Wahrheit. Genau darum geht es in meinem Buch...»

Christina Viragh

1 Mat. 7,13f.

2 Mat. 13,45f.

3 Mat. 6,33.

4 Goethe hat diesen Satz – laut einem Brief J. G. von Zimmermanns vom 25. Mai 1775 an Charlotte von Stein – unter deren Silhouettenporträt geschrieben und noch dazugesetzt: «Sie sieht die Welt wie sie ist, und doch durchs Medium der Liebe.»

5 Die Verse stammen aus *Les Fleurs du Mal* LVI, «Chant d'Automne», 1f.

6 Das allegorisierende Poem «The Triumph of Time» (1866) von Algernon Charles Swinburne (1837–1909). Die autobiographische Dichtung ist an die Geliebte gerichtet, die ihn für einen anderen verlassen hat. Das lyrische Ich beklagt eine verlorene Liebe, die sein Leben von Grund auf hätte verändern können.

7 «Liebe, die mir im Geiste spricht». Anfangszeile der zweiten von drei Kanzonen, die in Dantes *Convivio* besprochen werden. Sie ist ein Liebesgesang Dantes aus seiner Jugendzeit; im *Convivio* wird sie als allegorisches Lob der Philosophie gedeutet.

8 Der geflügelte Sohn des Achilleus und der Helena.

9 Vgl. Ps. 98,8, Jes. 55,12 sowie Ez. 21,3.

10 Vgl. Jak. 1,17.

11 Jer. 17,5. Siehe dazu auch in der *Imitatio Christi* III–45,20f. sowie II–1,11. Alle Verweise auf die *Imitatio* beziehen sich auf die Gliederung des Textes bei Paul Mons, Regensburg 1959. Zur *Imitatio* vgl. Anm. 21.

12 Die zitierten Verse stammen – wie Abel gleich darauf richtig bemerkt – nicht von Corneille, sondern von Racine. Es handelt sich um die ersten Zeilen des vierten «Geistlichen Gesangs», der den Titel «Die eitlen Beschäftigungen der Weltleute» trägt und verschiedenen Stellen bei Jeremia und Jesaja folgt (*Cantiques Spirituels* IV). Er gemahnt in seiner Gedankenwelt stark an die Lehre der Jansenisten und insbesondere an Pascal (siehe Anm. 27 und 28).

13 Racine, *Cantiques Spirituels* IV, 11ff. (zweite, dritte und sechste Strophe in der Nachdichtung von Wilhelm Willige, Darmstadt 1956).

14 Die Marquise de Maintenon, eine hochgebildete Frau, war die Geliebte und zweite Gemahlin von Louis XIV. Ihr Bestreben bei Hof galt weniger politischer Einflußnahme als der Verbreitung einer gewissen religiösen Strenge. Sie neigte eine Zeitlang dem Quietismus zu, distanzierte sich später aber sowohl von diesem wie auch von den Jansenisten (vgl. Anm. 28 und 29).

15 Vgl. *Imitatio Christi* III–34,1.

16 Nicole Malebranche (1638–1715), Oratorianerpater, Philosoph und religiöser Schriftsteller. Als Denker steht er zwischen Descartes und Spinoza, neigt aber eher einer idealistischen Mystik zu.

17 Leibniz stand in einem Briefwechsel mit dem englischen Theologen Samuel Clarke, in dem es vor allem um die Frage der Willensfreiheit ging.

18 Ein Versdrama Shelleys von 1819 um den nichtswürdigen Renaissancegrafen Cenci und seine tugendhafte Tochter Beatrice, die seine Tyrannei bekämpft und hingerichtet wird.

19 Gemeint ist das Gedicht «The Sensitive-Plant» («Die Mimose») von Shelley (1820). Die Pflanze steht in einem Garten, den eine Dame pflegt. Die Einheit der Liebe, in der Pflanze, Garten und Gärtnerin verbunden sind, wird durch den Winter vernichtet. Das Gedicht indessen beharrt auf der Unzerstörbarkeit der Liebe und der Schönheit.

20 Pierre de Ronsard (1524–1585), der bedeutendste Dichter der Pléiade.

21 Unter dem Titel *L'Internelle consolation* erschien das dritte Buch der *Imitatio Christi* («De interna consolatione») in frühen französischen Übersetzungen. Die *Imitatio*, traditionell Thomas a Kempis zugeschrieben, jedoch nicht von ihm selber verfaßt, ist nach der Bibel das verbreitetste Buch der Weltliteratur. Das Erbauungsbuch aus dem Geist der Devotio moderna ruft auf zu Demut und Selbstverleugnung in der Nachfolge Christi.
Zum Zitat vgl. *Imitatio Christi* III–40,14 und 43,13. Die Stelle findet sich jedoch II–6,14f.

22 Graf Joseph Alexander Hübner (1811–1892), österreichischer Diplomat, verfaßte unter an-

derem *Ein Spaziergang um die Welt* (1872) und *Durch das britische Reich 1883–1884* (1886).

23 «Diese Weise noch einmal! Sie starb so hin; / Oh, sie beschlich mein Ohr, dem Weste gleich, / Der auf ein Veilchenbette lieblich haucht, / Und Düfte stiehlt und gibt. – Genug! nicht mehr! / Es ist mir nun so süß nicht wie vorher…»
   Es handelt sich um den Eröffnungsmonolog des von seiner Liebe geplagten Orsino in Shakespeares Komödie «Was ihr wollt» (*Twelfth Night, or What You Will* I, 1,4ff.).

24 «Hier beginnt die Gottesliebe.»

25 Eigentlich Tommaso di Giovanni di Simone Guidi (1401–1428), der Hauptvertreter der Frührenaissance.

26 Vgl. Mat. 6,27 und Luk. 12,25.

27 Blaise Pascal (1623–1662), Mathematiker, Physiker und Religionsphilosoph. Nach einem Unfall erlebte er 1654 eine mystische Bekehrung und lebte fortan bis zu seinem Tod im Kloster Port-Royal, wo er sich vorwiegend religiöser Askese, verschiedenen Studien und der Meditation widmete. Seine Apologie der christlichen Religion ist in seinem Hauptwerk, den Fragment gebliebenen *Pensées,* niedergelegt.

28 Die Jansenisten leiteten – unter anderem geführt von Pascal – mit ihrer Gnadenlehre in Frankreich eine breite religiöse Reformbewegung unter Berufung auf frühchristliche Lehre und Praxis ein, die sich vor allem gegen die Jesuiten wandte. Begründet wurde die Bewe-

gung durch das 1640 erschienene Werk des Cornelius Jansenius, Bischof von Ypern, über Augustinus.

29 Der Quietismus strebt die passiv-mystische Vereinigung mit Gott durch die völlige Aufgabe aller tätigen Seelenkräfte an. Hauptvertreter dieser Bewegung waren der Spanier Molinos und in Frankreich Mme De Guyon sowie Fénelon.

30 Mat. 15,25.

31 Die École française d'archéologie d'Athènes, eine 1846 gegründete Hochschule für hellenistische Studien.

32 Heb. 11,40.

33 «Hier ist der Hain [einer Gottheit].»

34 Die Zauberin aus Tassos *Gerusalemme Liberata,* welche die Kreuzritter in ihren Zaubergarten lockt.

35 Jean de La Bruyère (1645–1696) schuf mit seinen *Caractères* einen Höhepunkt der französischen Moralistik. Er stand den Quietisten skeptisch gegenüber. Das Zitat stammt ebenfalls aus den *Caractères* («Du Cœur»).

36 Vgl. Anm. 32.

37 Vgl. Anm. 21.

38 Mat. 19,21.

39 *Imitatio Christi* I–11,22.

40 Mat. 6,28.

41 Pascal, *Opuscules* (IV, «Prière pour demander à Dieu le bon usage des maladies»).

42 Pascal, *Lettres à Mlle de Roannez,* Brief vom 24. September 1656. Pascal spielt an dieser Stelle auf einen Ausspruch des Augustinus an. Die

genannten Briefe stehen im übrigen nicht im Text der *Pensées*.

43 Joh. 16,23.

44 Vgl. Mat. 26,45f.

45 Clotilde Marie de Vaux (1815–1846). Der Philosoph Auguste Comte pflegte mit ihr ab 1844 – in einer späten Phase seines Lebens – eine platonische Freundschaft voller leidenschaftlicher Bewunderung, während er sich immer mehr einem stark übersteigerten Mystizismus zuwandte und intensiv in der *Imitatio Christi* las.

46 Ps. 61,3.

47 Vgl. Off. 14,13.

INHALT

Die Deutsche Bibliothek – CIP-Einheitsaufnahme

Gide, André:
Die enge Pforte / André Gide
Aus dem Franz. übers. von Andrea Spingler
Nachw. von Christina Viragh
Zürich : Manesse Verlag, 1995
(Manesse Bibliothek der Weltliteratur)
Einheitssacht.: La porte étroite <dt.>
ISBN 3-7175-1868-2 Gewebe
ISBN 3-7175-1869-0 Ldr.

NE: Spingler, Andrea [Übers.]